(唐)白居易 撰

宋本白氏文集

第七册

國家圖書館出版社

第七册目録

卷四三　記序

卷四四　書

卷四五　書序

卷四六　書頌議論狀

卷四七　試策問制誥

卷四八　中書制誥一

卷四九　中書制誥二

卷五〇　中書制誥三

卷五一　中書制誥四

卷五二　中書制誥五

白氏文集卷第四十三

記序凡十二首

江州司馬廳記

自武德已來庶官以便宜制事大攝小重侵輕[illegible][illegible]之職總於諸侯帥郡佐之職移於部從事故自五大都督府至上中下郡司馬之事盡去唯員與俸在凡內外文武官左遷右移者第居之凡執役事上與給事於省寺軍府者遙署之凡仕久資高

耄昏軟弱不任事而時不忍棄者實蒞之蒞之者進不課其能退不殿其不能才不才一也若有人畜器貯用急於兼濟者居之雖一日不樂若有人養志忘名安於獨善者處之雖終身無悶官不官繫乎時也適不適在乎人也江州左匡廬右江湖土高氣清富有佳境刺史守土臣不可遠觀遊羣吏執事官不敢自暇佚惟司馬綽綽可以從容於山水詩酒間由是郡南樓山北樓水湓亭百花亭風篁石巖瀑布廬宮源潭洞東西二林寺泉石松雪司馬盡有之矣苟有志於吏隱者捨此官何求焉案唐典上州司馬秩五品歲廩數百石月俸六七萬官足以庇身食足以給家州民康非司馬功郡政壞非司馬罪無言責無事憂噫為國謀則尸素之尤蠹者為身謀則祿仕之優穩者予佐是郡行四年矣其心休休如一日二日何哉識時知命而已又安知後之司馬不有與吾同志者乎因書所得以告來者時元和十三年七月八日記

草堂記

匡廬奇秀甲天下山山北峯曰香鑪峯北寺曰遺愛寺介峯寺間其境勝絶又甲廬山元和十一年秋太原人白樂天見而愛之若遠行客過故鄉戀戀不能去因面峯腋寺作為草堂明年春草堂成三間兩柱二室四牖廣袤豐殺一稱心力洞北戶來陰風防徂暑也敞南甍納陽日虞祁寒也木斲而已不加丹牆圬而已不加白墄階用石冪窗用紙竹簾紵幃率稱是焉堂中設木榻四素屏二漆琴一張儒道佛書各三兩卷樂天既來為主仰觀山俯聽泉傍睨竹樹雲石自辰及酉應接不暇俄而物誘氣隨外適內和一宿體寧再宿心恬三宿後頹然嗒然不知其然而然自問其故荅曰是居也前有平地輪廣十丈中有平臺半平地臺南有方池倍平臺環池多山竹野卉池中生白蓮白魚又南抵石澗夾澗有古松老杉大僅十人圍高不知幾百尺修柯戛雲低枝拂潭如幢竪如蓋張如龍蛇

走松下多灌叢蘿蔦葉蔓駢織承翳日月光不到地盛夏風氣如八九月時下鋪白石為出入道堂北五步據層崖積石嵌空垤堄雜木異草盖覆其上綠陰濛濛朱實離離不識其名四時一色又有飛泉植茗就以烹燀好事者見可以永日堂東有瀑布水懸三尺瀉階隅落石渠昏曉如練色夜中如環珮琴筑聲堂西倚北崖右趾以剖竹架空引崖上泉脉分綫懸自簷注砌累累如貫珠霏微如雨露滴瀝飄灑隨風遠去其四傍耳目杖屨可及者春有錦繡谷花夏有石門澗雲秋有虎谿月冬有鑪峯雪陰晴顯晦昏旦含吐千變萬狀不可殫紀覼縷而言故云甲廬山者噫凡人豊一屋華一簣而起居其間尚不免有驕穩之態今我為是物主物至致知各以類至又安得不外適內和體寧心恬哉昔永遠宗雷輩十八人同入此山老死不反去我千載我知其心以是哉矧予自思從幼迨老若白屋若朱門凡所止雖一日二日輒覆簣土為臺聚拳石為山環

斗水為池其喜山水病癖如此一旦蹇剝來佐江郡郡守以優容而
撫我廬山以靈勝待我是天与我時地与我所卒獲所好又何以
求焉尚以宂員所羈餘累未盡或往或來未遑寧處待予異時
弟妹婚嫁畢司馬歲秩滿出處行止得以自遂則必左手引妻子右
手抱琴書終老於斯以成就我平生之志清泉白石實聞此言
時三月二十七日始居新堂四月九日与河南元集虛范陽張允中南陽
張深之東西二林長老湊朗滿晦堅等凡二十有二人具齋施茶果以
落之因為草堂記

許昌縣令新廳壁記

民非政不乂政非官不舉官非署不立是三者相為用故古君子有
雖一日必葺其牆屋者以是哉許昌縣居梁鄭陳蔡間要路由
於斯當建中貞元之際大軍聚於斯兵殘其民火焚其邑大田生荆
棘官舍為煨燼乘其弊而為政作事者其難乎去年春叔父自徐州

士曹掾選署厥邑今於是約巳以清白納人以簡直立事以強毅以清白故官吏不敢侵于民以簡直故獄訟不得留于庭以強毅故軍鎮不能干于縣由是居二年民用康政用暇乃曰儲蓄邦之本命先營困倉又曰公署吏所寧命次圖廳事取材於土物取工於子來取時於農隙然後豐其約量其力廣狹稱其位儉不至陋壯不至驕庇身無燥濕之憂視事有朝夕之利官由是而立政由是而舉民由是而乂建一物而三事成其孰不韙之哉烏虖吾家世以清簡垂為貽燕之訓叔父奉而行之不敢失隊小子舉而書之亦無愧辭若其官邑之省置風物之有亡田賦之上下盖存乎圖諜此略而不書今但記斯廳之時制與叔父作為之所由也先是邑居不修屋壁無紀前賢姓字湮泯無聞而今而後請居厥位者編其年月名氏自叔父始時貞元十九年冬十月一日記

養竹記

竹似賢何哉竹本固固以樹德君子見其本則思善建不拔者竹
性直直以立身君子見其性則思中立不倚者竹心空空以體道
君子見其心則思應用虛受者竹節貞貞以立志君子見其節
則思砥礪名行夷險一致者夫如是故君子人多樹之爲庭實焉
貞九十九年春居易以拔萃選及第授校書郎始於長安求
假居處得常樂里故關相國私第之東亭而處之明日履及于亭
之東南隅見叢竹於斯枝葉殄瘁無聲無色詢于關氏之老則曰此相
國之手植者自相國捐館他人假居繇是筐篚者斬焉篲帚者
刈焉刑餘之材長無尋焉數無百焉又有凡草木雜生其中
萋茸薈鬱有無竹之心焉居易惜其嘗經長者之手而見
賤俗人之目翦棄若是本性猶存乃芟蘙薈除糞壤疏其間
封其下不終日而畢於是日出有清陰風來有清聲依依然欣
欣然若有情於感遇也嗟乎竹植物也於人何有哉以其有似於賢

而人愛惜之封植之况其眞賢者乎然則竹之於草木猶賢之於衆庶嗚呼竹不能自異惟人異之賢不能自異惟用賢者異之故作養竹記書于亭之壁以貽其後之居斯者亦欲以聞於今之用賢者云

記畫

張氏子得天之和心之術積爲行發爲藝藝尤者其畫歟畫無常工以似爲工學無常師以眞爲師故其措一意狀一物往往運思中與神會髣髴焉若歐和役靈於其間者時予在長安中居甚閑閒甚孰乃請觀於張張爲予盡出之厥有山水松石雲霓鳥獸暨四夷六畜妓樂華蟲咸在焉凡十餘軸無動植無小大皆曲盡其能莫不向背無遺勢洪纖無遁刑迫而視之有似乎水中了然分其影者然後知學在骨髓者自心術得工侔造化者由天和來張但得於心傳於手亦不自知其然而然也至若筆精之英華指趣之律度予非畫之流也不可得而知之今所得者但覺

其形眞而圓神和而全炳然儼然如出於圖之前而已耳張始
年二十餘致功甚近予意其生知之藝與年而長則畫必爲希
代寶人必爲後學師恐將者失其傳故以年月名氏紀于圖軸之
末云時貞元十九年清河張敦簡畫六月十日太原白居易記

記異

華州下邽縣東南三十餘里曰延年里里西南有故蘭若而無
僧居元和八年秋七月予從祖兄曰皞自華州來訪予途出於
蘭若前及門見婦女十許人服黃綠衣少長雜坐會語於佛屋
聲聞于門兄熱行方渴將就憩且求飲望其從者蕭士清未至
因下馬自縶轡於門柱舉首忽不見意其退藏於窻闥之閒從
之不見又意其退藏於屋壁之後從之又不見周視其四旁則堵
牆環然無隟缺覆視其族談之所則塵壤四幕然無足迹駭是
知其非人悖然大異之不敢留上馬疾驅來告予予亦異之因訊

其所聞兄曰去去甚多不能殫記大抵多去王肖老如此觀其辭意若相與毀其過者厥所去予舍八九里因同往訪焉果有王肖者年老卽其里人也方徙居於蘭若東百餘步葺牆屋築場藝樹僅畢明日而入旣入不浹辰而肖死不越明而妻死不逾時而肖之二子與二婦一孫死餘一子曰明進大恐懼不知所爲意新居不祥乃撤屋拔樹夜徙去遂獲全焉嘻推而衍之則衆君子謀於社以亡曹婦人來焚麋竺之室信不虛矣明年秋予與兄出遊因復至是視肖之居則井湮竈夷闃然唯環牆在里人無敢居者異乎哉若然者命數耶偶然耶將所徙之居非吉土耶抑王氏有隱慝鬼得謀而誅之耶茫乎不識其由且志於佛室之壁以俟辨惑者九月七日樂天去

東林寺經藏西廊

元和初江西觀察使韋君丹於廬山東林寺神運殿左甘露壇

右建修多羅藏一所土木丹漆之外飾以多寶相好嚴麗鄰諸鬼功雖兩都四方或未前見一切經典盡在于內蓋釋宮之天祿石渠也初藏既成南東北廊亦具獨西未作而韋君薨迨今十餘年風日所飄爍雪雨所霑濕西南一隅壞有日矣僧坊衆惜之予亦惜之非不是圖財力不足暨十三年予作景雲律師塔碑成景雲弟子饋絹百匹予以法施淨財義不已有即日移用作藏西廊因請寺長老演公滿公琳公等經之寺綱維令臬靈達等成之蓋欲護前功償始願非住於布施相功德心也其集經名數與創藏由緣詳于李戚肇碑文此但書目新作西廊而已十四年月日忠州刺史

三遊洞序

平淮西之明年冬予自江州司馬授忠州刺史微之自通州司馬授虢州長史又明年春各祗命之郡與知退偕行三月十日參會於夷陵翌日微之反棹送予至下牢戍又翌日將别未忍引舟上下者久

之酒酣聞石間泉聲因捨棹進策步入缺岸初見石如疊如削其怪者如引臂如垂幢次見泉如瀉如灑其奇者如懸練如不絕綫遂相與維舟巖下率僕夫芟蕪刈翳梯危縋滑休而復上者凡四焉仰睇俯察絕無人迹但水石相薄磷磷鑿鑿跳珠濺玉驚動耳目自未訖戌愛不能去俄而峽山昏黑雲破月出光氣含吐互相明滅晶熒玲瓏象生其中雖有敏口不能名狀既而通夕不寐迨旦將去憐奇惜別且歎且言知退曰斯境勝絕天地間其有幾乎如之何俯通津綿歲代寂寥委置罕有到者予曰借此喻彼可爲長太息豈獨是哉豈獨是哉微之曰誠哉是言矧吾人難相逢斯境不易得今兩偶於是得無述乎請各賦古調詩二十韻書于石壁仍命予序而紀之又以吾三人始遊故目爲三遊洞洞在峽州上二十里北峯下兩崖相廞間欲將來好事者知故備書其事

遊大林寺序

余與河南元集虛范陽張允中南陽張深之廣平宋郁安定梁必復范陽張特東林寺沙門法演智滿士堅利辯道建神照雲皐息慈寂然凡十七人自遺愛草堂歷東西二林抵化城憩峯頂登香鑪峯宿大林寺大林窮遠人迹罕到環寺多清流蒼石短松瘦竹寺中唯板屋木器其僧皆海東人山高地深時節絕晚于時孟夏月如正二月天梨桃始華澗草猶短人物風候與平地聚落不同初到恍然若別造一世界者因口號絕句云人間四月芳菲盡山寺桃花始盛開長恨春歸無覓處不知轉入此中來旣而周覽屋壁見蕭郎中存魏郎中弘簡李補闕渤三人姓名文句因與集虛輩歎且曰此地實匡廬間第一境由驛路至山門曾無半日程自蕭魏李遊迨今垂二十年寂寥無繼來者嗟乎名利之誘人也如此時元和十二年四月九日樂天序

代書

廬山自陶謝洎十八賢已還儒風緜緜相續不絶貞元初有符載楊
衡輩隱焉亦出爲文人今其讀書屬文結草廬於巖谷間者猶一
二十人即其中秀出者有彭城人劉軻軻開卷慕孟軻爲人秉筆慕
楊雄司馬遷爲文故著翼孟三卷豢龍子十卷雜文百餘篇而
聖人之言作者之風雖未臻極往往而得予佐潯陽三年軻每著
文輒來示予予知軻志不息異日必能跨符楊而攀陶謝軻一旦盡賫
所著書及所爲文詣予告行欲舉進士予方淪落江海不足以發軻
事業又羸病無恖力不能徧致書於臺省故人因援紙引筆寫胷中
事授軻且曰子到長安持此札爲予謁集賢庾三十二補闕翰林杜十四
拾遺金部元八貟外監察牛二侍御秘省蕭正字藍田楊主簿兄
弟彼七八君子皆予文友以予愚直常信其言苟于今不我欺則子
之道庶幾光明矣又欲使平生故人知我形體已悴志氣已憊獨好
善喜才之心未死去矣去矣持此代書三月十三日樂天白

送侯權秀才序

貞元十五年秋予始舉進士與侯生俱爲宣城守所貢明年春予中春官第既入仕凡歷四朞才朽命剝蹇躓不暇去年冬蒙不次恩遷尚書郎掌誥西掖然靑衫未解白髮已多矣時子尚爲京師旅人見除書走來賀予因從容問其官名則曰無得矣問其生業則曰無加矣問其僕乘橐囊輜則曰日消月朘矣問別來幾何時則曰二十有三年矣嗟乎侯生當宣城別時才文志氣我爾不相下今子猶小得遇子卒無成由子而言予不爲不遇耳嗟乎侯生命實爲之謂之何哉言未竟又有行色且曰欲謁東諸侯恐不我知者多請一言以寵別予方直閣慨然竊書責命筆以序之爾

冷泉亭記

東南山水餘杭郡爲最就郡言靈隱寺爲尤由寺觀冷泉亭爲甲亭在山下水中央寺西南隅高不倍尋廣不累丈而撮奇得要

地搜勝槩物無遁形春之日吾愛其草薰薰木欣欣可以導和納粹暢人血氣夏之夜吾愛其泉渟渟風泠泠可以蠲煩析酲起人心情山樹爲蓋巖石爲屏雲從棟生水與階平坐而翫之者可濯足於牀下臥而狎之者可垂釣於枕上矧又潺湲潔澈粹冷柔滑若俗士若道人眼耳之塵心舌之垢不待盥滌見輒除去潛利陰益可勝言哉斯所以最餘杭而甲靈隱也杭自郡城抵四封叢山複湖易爲形勝先是領郡者有相里君造虛白亭有韓僕射皐作候仙亭有裴庶子棠棣作觀風亭有盧給事元輔作見山亭及右司郎中河南元藇最後作此亭於是五亭相望如指之列可謂佳境殫矣能事畢矣後來者雖有敏心巧目無所加焉故吾繼之述而不作長慶三年八月十三日記

白氏文集卷第四十三

白氏文集卷第四十四

書凡三首

與楊虞卿書

師臯足下自僕再來京師足下守官鄠縣吏職拘絆相見甚稀凡半年餘與足下開口而笑者不過三四及僕左降詔下明日而東足下從城西來抵昭國坊已不及矣走馬至滻水才及一執手憫然而訣言不及他迩來雖手札一二往來亦不過問道途報健否而已鬱結之志曠然未舒思欲一陳左右者久矣去年六月盜殺右丞相於通衢中迸血髓磔髮肉所不忍道合朝震慄不知所云僕以爲書籍以來未有此事國辱臣死此其時耶苟有所見雖畎畝皁隷之臣不當默默況在班列而能勝其痛憤耶故武相之氣平明絶僕之書奏日午入兩

日之内滿城知之其不與者或誣以僞言或搆以非語且浩浩者不酌時事大小與僕言當否皆曰丞郎給舍諫官御史尚未論請而贊善大夫何反憂國之甚也僕聞此語退而思之贊善大夫誠賤冗耳朝廷有非常事即日獨進封章謂之忠謂之憤亦無媿矣謂之妄謂之狂又敢逃乎且以此獲辜顧何如耳況又不以此爲罪名乎此足下與崔李元庾輩十餘人爲我悒悒鬱鬱長太息者也然僕始得罪於人也竊自知矣當其在近職時自惟賤陋非次寵擢夙夜腆愧思有以稱之性又愚昧不識時之忌諱凡直奏密啓外有合方便聞於上者稍以歌詩導之意者欲其易入而深誡也不我同者得以爲計媒櫱之辭一發又安可君臣之道間自明白其心乎加以握兵於外者以僕潔慎不受賂而憎秉權於内者以僕介獨不附己而忌其餘附離之者惡僕獨異又信狺狺吠聲唯恐中傷之不獲以此得罪可不悲乎然而寮友益相重交游益相信信於近而不信於遠亦何恨哉近

者少遠者多多者勝少者不勝又其宜矣師皋僕之是言不發於他人獨發於師皋師皋知我者豈有愧於其間哉茍有愧於師皋固是言不發矣且與師皋始於宣城相識迨于今十七八年可謂故矣又僕之妻即足下從父妹可謂親矣親如是故如是人之情又何加焉然僕與足下相知則不在此何者夫士大夫家閨門之內朋友不能知也閨門之外姻族不能知也必待友且姻者然後周知之足下視僕莅官事擇交友接賓客何如哉又視僕撫骨肉待妻子馭僮僕又何如哉小者近者尚不敢不盡其心況大者遠者也所謂斯言無愧而後發矣亦猶僕之知師皋也師皋孝敬友愛之外可略而言足下未應舉時嘗充賢良直言之賦其所對問志磊磊而詞諤諤雖不得第僕始愛之及與獨孤補闕書譏不論事與盧侍郎書請不就職與高相書諷成致仕之志志益大而言益遠而僕愛重之心繇是加焉近者足下與李弘慶友善弘慶客長安中貧甚而病

敢足下為逆致其母安慰其心自損衣食以續其醫藥甘旨之費有年歲矣又足下與崔行儉游行儉非罪下獄足下意其不幸及於流竄勑下之日躬俟於御史府門而行李之具養活之物崔生顧其旁一無闕者其餘奉寡姊親護其夫喪撫孤甥誓畢其婚嫁取貴人子為婦而禮法行於家由甲乙科入官而吏聲聞於邑凡此者皆可以激揚積俗表正士林斯僕所以嚮慕勤勤豈敢以骨肉之姻形骸之舊為意哉然足下之美如此而僕側聞蚩蚩之徒不悅足下者已不少矣但恐道日長而毀日至位益顯而謗益多此伯寮所以愬仲由季孫所以毀夫子者也昔衛玠有云人之不逮可以情恕非意相加可以理遣故至終身無喜慍色僕雖不每常佩此言師阜人生未死間千變萬化若不情恕於外理遣於中欲何為哉欲何為哉僕之是行也知之久矣自度命數亦其宜然凡人情通達則謂由人窮塞而後信命僕則不然十年前以固陋之姿瑣劣之藝與敏手利

足者齊驅豈合有所獲哉然而求名而得名求禄而得禄人皆以為能僕獨以為命命通則事偶事偶則幸來幸之來尚歸之於命不幸之來也捨命復何歸哉所以上不怨天下不尤人者寔如此也又常照鏡或觀寫真自相形骨非貴富者必矣以此自決益不復疑故寵辱之來不至驚怪亦足下素所知也今且安時順命用遣歲月或免罷之後得以自由浩然江湖從此長往死則葬魚鱉之腹生則同鳥獸之群必不能与掊聲攫利者權量其分寸矣足下輩無復見僕之光塵於人寰間也多謝故人勉樹令德粗寫鄙志兼以為別

居易頓首

與陳給事書

正月日鄉貢進士白居易謹遣家僮奉書獻於　給事閣下伏以給事門屏閒請謁者如林獻書者如雲多則多矣然聽其辭一辭也觀其意一意也何者率不過有望於吹噓翦羽拂耳居易則不然今

所以不請謁而奉書者但欲貢所誠質所疑而已非如衆士有求於吹噓前翦拂也給事得不獨爲之少留意乎大凡自號爲進士者無賢不肖皆欲求一第成一名非居易之獨慕耳既慕之所以切不自察嘗勤苦學文迨今十年始獲一貢每見進士之中有一舉而中第者則欲勉狂簡而進焉又見有十舉而不第者則欲引駑鈍而退焉進退之宜固昭昭矣而遇者自惑於趣舍何哉夫蘊奇挺之才亦不自保其必勝而一上得第者非他也是主司之明也抱瑣細之才亦不自知其妄動而十上下第者亦非他也是主司之明也豈非知人易而自知難耶伏以給事天下文宗當代精鑒故不揆淺陋敢布腹心居易鄙人也上無朝廷附離之援次無鄉曲吹煦之譽然則孰爲而來哉蓋所仗者文章耳所望者主司至公耳今礼部高侍郎爲主司則至公矣而居易之文章可進也可退也切不自知之欲以進退之疑取決於給事給事其能捨之乎居易聞神蓍靈龜者無常心苟叩之者不

以誠則□若以誠叩之必以信告之無貴賤無大小而不之應也今給事鑒如水鏡言為蓍龜邦家大事咸取決於給事豈獨遺其微小乎謹獻雜文二十首詩一百首伏願俯察悃誠不遺賤小退公之暇賜精鑒之一加焉可與進也乞諸一言小子則磨鉛策蹇騁力於進取矣不可進也亦乞諸一言小子則息機斂迹甘心於退藏矣進退之心交爭於胸中者有日矣幸一言以蔽之旬日之間敢佇報命塵瀆聽覽見若奪氣褫魄之為者不宜居易謹再拜

為人上宰相書一首

二月十九日某官某乙謹拜手奉書獻於 相公執事 書曰古人云以水投石至難也某以為未甚難也以卑干尊以賤合貴斯為難矣何者夫尊貴人之心堅也強也不轉也甚於石焉卑賤人之心柔也弱也自下也甚於水焉則其合之難也豈不甚於水投石哉然則自古及今往往有合者又何哉此蓋以心遇心以道濟道故也苟心相見道相通則水反為石

石反為水則其合之易也又甚乎以石投水焉何者石之投水也猶觸之有
聲愛之有波心道之相得也則貴者不知其貴也賤者不知其賤也當其
冥同訢合之際但惛然而已矣其合之易也豈不甚於石投水哉噫㕠厭
道廢墜不行於代久矣故貴者自貴耳賤者自賤耳維 同心同道
不求相合也今某之心與相公之心愚智不侔也今某之道與相公之
道小大不倫也矧又尊卑貴賤之勢相懸如石焉如水焉而欲强至
難為至易無乃不可乎然則知其不可而為之者抑有由伏以相公方
今佐裁成之道當具瞻之初竊希變天下水石之心自相公始也通天
下貴賤之道自某始也不然者夫豈不自知其狂進妄動哉伏望
少留聽而畢辭焉幸甚幸甚某伏覩先皇帝之知遇相公也雖
古君臣道合者無以加也然晉不与大位不授大權不盡行相公之道
者何哉識者以為先皇父子孝慈之間亦古未有也蓋先皇所以輟
已知人之明用賢之功致理之德以留賜今上也亦猶太宗黜李勣而

使高宗寵用之也故今上在諒陰而特用也相公自郎官而特拜也推此二者有以見識者之言信矣斯則先皇知遇之恩貽燕之念今上速用之旨倚賴之誠相公寵擢之榮託寄之重自國朝以來三者兼之甚鮮矣故某竊惟相公自拜命以來八九日得食不暇飽寢不暇安行則𤞤然居則惕然思所以荅先皇之知副今上之用允天下之望哉某竊以為必然矣况今主上肇撫蒼生初嗣洪業雖物不改舊而令宜布新是以百辟傾心慺慺然以待主上之政也萬姓注目專專然以望主上之令也四夷側耳顒顒然以聽主上之風也豈直若此而已哉蓋待其政者勤墮邪正繫其中焉望其令者憂樂喜親疎生其中焉聽其風者畏侮動靜出其中焉而將來理乱之根安危之源盡在於三者之中矣如此則相公得不臣輔其政緝熙其令宣和其風乎然則臣輔緝熙宣和之道某雖不敏嘗聞於師焉曰天子之耳待宰相之耳而後聰也天子之目待宰相之目而後明也天子之

心識待宰相之心識而後聖神也宰相之耳待天下之耳而後聰也宰相之目待天下之目而後明也宰相之心識待天下之心識而後能啓發聖神也然則下取天下耳目心識上以爲天子聰明神聖者此宰相之本職也而爲臣輔緝熙亶和之道也若宰相唯以兩耳聽之兩目視之一心思之則朝廷之得失豈盡知見乎必不盡也而況於天下之得失乎宰相之耳目得聰明乎必未也而況於上以爲天子聰明聖神乎然則天下聰明心識取之豈無其道耶必有也在乎知與不知行與不行耳噫自開元已來斯道寖衰鮮能行者自貞元以來斯道寖微鮮能知者豈唯不知乎不行乎又將背古道而馳者也何者古者宰相以危言危行扶危持顛爲心今則斂行遜言全身遠害而已矣古者宰相以接士爲務今則不接賓客而已矣古者宰相以開閤爲名今則鏁其第門而已矣致使天下之聰明盡委棄於草木中焉天下之心識盡沈没於泥土間焉則天下聰明心識萬分之中宰相何

嘗取得其一分哉是故寵益崇而謗益厚歲彌久而愧彌深至乃
上負主恩下斂人怨行止寢食自有慙色者夫豈非不得天下聰明心
識之所致耶然則爲宰相者得不思易其轍乎是以聰明損於上則
正直銷於下畏忌愼默之道長公議忠讜之路塞朝無敢言之士庭
無執咎之臣自國及家寖淫以成弊故父訓其子曰無介直以立仇敵
兄教其弟曰無方正以賈悔尤先達者用以養身後進者資而取仕
日引月長熾然成風識者腹非而不言愚者心競而是效至使天下
有目者如瞽也有耳者如聾也有口者如含鋒刃也如此則上之得失
下之利病雖欲匡救何由知之嗟乎自古以來斯道之弊恐未甚於
今日也然則爲宰相者得不思變其風乎是以愼忌積於中則政
事廢於表因循苟且之心作强毅久大之性虧反謂率職而舉者
不達於時宜當官而行者不通於事變故殿最之書雖由而不實
黜陟之法雖備而不行欲望惡者懲善者勸或恐難矣古之善爲

宰相者豈盡得賢而用之乎豈盡知不肖而去之乎蓋在於秉鈞軸之樞握刀尺之要剗邪爲正削觚爲圓能使善之必遷不謂善之盡有能使惡之必改不謂惡之盡無成此功者無他懲勸之所致耳然則爲宰相者得不思提其綱使羣自自皆張乎是以懲勸息於此則賢能乏於彼故岳鎮闕而不知所取臺省空而不知所求今則尚書六司之官暨于百執事者大凡要劇者多虛其位閑散者咸備其官或曰所以難其人重其禄也嗟乎徒知難其人而闕之不知邦政日歸於下吏也徒知重其禄而愛之不知稍食日費於冗員也損益利害豈不明哉古之善爲宰相者虛其懷直其氣苟有舉一賢者必從而索之苟有薦一善者必隨而用之然後明察否臧精考眞僞得人者行進賢之賞謬舉者坐不當之辜自然審輪轅以相求謹關梁以相保故才無乏用國無廢官豈可疑所舉之未精而反失其善重所任而不苟而反廢其官與其廢官寧其虛授與其失善寧其

謬舛但在乎明覈是非必行賞罰則謬舛虛授當自辨焉然則爲宰相者得不思振其領使衆毛皆舉乎是以庶政闕於内則庶事斁於外至使天下之戶口日耗天下之士馬日滋游手於道途市井者不知歸託足於軍籍釋流者不知反計數之吏日進聚斂之法日興田疇不闢而麥禾之賦日增桑麻不加而布帛之價日賤吏部則士人多而官員少姦濫日生諸使則課利少而羨餘多侵削日甚舉一知十可勝言哉況今方域未甚安邊陲未甚靜水旱之災不戒兵戎之動無期然則爲宰相者得不圖將來之安補既往之敗乎若相公用天下之目觀而救之夫豈無最遠之見乎用天下之心圖而濟之夫豈無最長之策乎策之最長者見之最遠者在相公鑒而取之誠而行之而已取之也行之也今其時乎爲時之用大矣哉古者聖賢有其才無其位不能行其道也有其才有其位無其時亦不能行其道也必待有其才有其位有其時然後能行其道焉某竊見相公曩時制策對

中論風化澆淳之源明天人交感之道陳兵災救療之術可謂有其才矣又伏見今月十一日制詞云其代予言允屬良弼必能形四方之風成天下之務可謂有其時矣今相公有其才有其位有其時則行道由己而由道乎哉某又聞一往而不可追者時也故聖賢甚惜焉方今拭天下之目以觀主上之作爲也側天下之耳以聽相公之舉措也如此則相公出一言不終日而必聞於朝野主上發一令不浹辰而必達於華夷蓋主上輯百辟和萬姓服四夷之時在於此時矣相公充人望代天工報國之恩正在於今日矣或者曰君臣之道至大也可以漸合不可以速合也天下之化至大也可以漸行不可以速行也賢人之事業至大也行之可以枉尺而直尋也某以爲殆不然矣夫時之變事之宜其間不容息也先之太過後之則不及故時未至聖賢不進而求時既來聖賢不退而讓蓋得之則不啻乎事半而功倍也失之則不啻乎事倍而功半也嗟乎或者徒知漸合其道而不知啓沃之時失於漸中

矣徒知漸行其化而不知變理之時失於漸中矣徒知枉尺而直尋
而不知易失於時則難生於漸中雖枉尋不能直尺矣近者宰相
道不行化不成事業不光明率由乎有志於漸矣請以前事明之
某甞聞太宗顧謂羣臣曰善人爲邦百年然後能勝殘去殺當
今大亂之後將求致理寧可造次而望乎魏文貞曰不然夫亂後
易理猶飢人易食也若聖哲施化人應如響期月而可信不爲難三
年成功猶謂其晚太宗深納其言時封德彝輩共非之曰不可三
代以後人漸澆訛皆欲理而不能豈能理而不欲魏徵書生不識時
務信其虛說必亂國家於是太宗卒從文貞之言力行不倦三數年
間天下大安戎狄內附太宗曰惜哉不得使封德彝見之斯則得
其時行其道不取於漸之明効也況今日之天下豈獘於武德之天
下乎相公之事業豈後於文貞之事業乎在於疾行而已矣所以主上
踐祚未及十日而寵命加於相公者惜國家之時也相公受命未及十日

而某獻於執事者惜相公之時也夫欲行大道樹大功貴其速也蓋明年不如今年明日不如今日矣故孔子曰日月逝矣歲不我與此言時之難得而易失也伏惟相公惜其時之易也而不失焉慮其漸之難也而不取焉抑又聞濟時者道也行道者權也扶權者寵也故得其位不可一日無其權得其權不可一日無其寵然則取權有術也求寵有方也蓋竭其力以舉職而權必自歸忘其身以徇公而寵必自至權歸寵至然後能行其道焉伏惟相公詳之而不忽也抑又聞不棄死馬之骨者然後良驥可得也不棄狂夫之言者然後嘉謨可聞也苟某管見之中有可取者俯而取之苟芻言之中有可採者俛而採之則知之者必曰至如某之見猶且不棄況愈於某之徒歟則天下精通達識之士得不旬月而至乎聞之者必曰如某之言猶且不棄況愈於某之徒歟則天下謇諤敢言之士得不繼踵而來乎伏惟相公試垂意焉則天下之士幸甚某

遊長安僅十年矣足不踐相公之門目不識相公之面名不聞相公之耳相公視某何爲者哉豈非介者耶猾者耶今一旦卒然以數千言塵黷執事者又何爲哉實不自揆欲以區區之間見裨相公聰明萬分之一分也又欲以濟天下顓顇之人死命萬分之一分也相公以爲如何

白氏文集卷第四十四

白氏文集卷第四十五

書序凡十五首

新樂府詩序　効陶潛體詩序

琵琶引序　和夢遊春詩序

鷰子樓詩序　放言詩序

題詩屏序　木蓮花詩序

策林序

與元九書

月日居易白微之足下自足下謫江陵至于今凡枉贈答詩僅百篇每詩來或辱序或辱書冠于卷首皆所以陳古今歌詩之義且自敘爲文因緣與年月之遠近也僕既受足下詩又諭足下此意常欲承答來言粗論歌詩大端并自述爲文之意揔爲一書致足下前累歲已來牽故少暇間有容隙或欲爲之又自思所陳亦無出足下之見臨紙復罷者數四卒不能成就其志以至于今今俟罪潯陽除盥櫛食寢外無餘事因覽足下去通州日所

留新舊文二十六軸開卷得意忽如會面心所畜者便欲快言往往自疑不知相去萬里也既而憤悱之氣思有所洩遂追就前志勉爲此書足下幸試爲僕留意一省夫文尚矣三才各有文天之文三光首之地之文五材首之人之文六經首之就六經言詩又首之何者聖人感人心而天下和平感人心者莫先乎情莫始乎言莫切乎聲莫深乎義詩者根情苗言華聲實義上自賢聖下至愚騃微及豚魚幽及鬼神羣分而氣同形異而情一未有聲入而不應情交而不感者聖人知其然因其言經之以六義緣其聲緯之以五音音有韻義有類韻協則言順言順則聲易入類舉則情見情見則感易交於是乎孕大含深貫微洞密上下通而一氣泰憂樂合而百志熙五帝三皇所以直道而行垂拱而理者揭此以爲大柄決此以爲大竇也故聞元首明股肱良之歌則知虞道昌矣聞五子洛汭之歌則知夏政荒矣言者無罪聞者作戒言者聞者

莫不兩盡其心焉洎周衰秦興採詩官廢上不以詩補察時
政下不以歌洩導人情乃至於諂成之風動救失之道缺于時
六義始刓矣國風變為騷辭五言始於蘇李蘇李騷人皆不遇
者各繫其志發而為文故河梁之句止於傷別澤畔之吟歸于
怨思彷徨抑鬱不暇及他耳然去詩未遠梗概尚存故興離
別則引雙鳧一鴈為喻諷君子小人則引香草惡鳥為比雖 義
類不具猶得風人之什二三焉于時六義始缺矣晉宋已還得者
蓋寡以康樂之奧博多溺於山水以淵明之高古偏放於田園江
鮑之流又狹於此如梁鴻五噫之例者百無一二焉于時六義寖
微矣陵夷矣至于梁陳間率不過嘲風雪弄花草而已噫風
雪花草之物三百篇中豈捨之乎顧所用何如耳設如北風其
涼假風以刺威虐也雨雪霏霏以愍征役也棠棣之華感華以
諷兄弟也采采芣苢美草以樂有子也皆興發於此而義歸

於彼又是者可乎哉然則餘霞散成綺澄江淨如練離花先委露別葉乍辭風之什麗則麗矣吾不知其所諷焉故僕所謂嘲風雪弄花草而已于時六義盡去矣唐興二百年其間詩人不可勝數所可舉者陳子昂有感遇詩二十首鮑魴有感興詩十五首又詩之豪者世稱李杜李杜之作才矣奇矣人不逮矣索其風雅比興十無一焉杜詩最多可傳者千餘人至於貫穿今古覼縷格律盡工盡善又過於李然撮其新安石壕潼關吏蘆子花門之章朱門酒肉臭路有凍死骨之句亦不過三四十杜尚如此況不逮杜者乎僕常痛詩道崩壞忽忽憤發或食輟哺夜輟寢不量才力欲扶起之嗟乎事有大謬者又不可一二而言然亦不能不粗陳於左右僕始生六七月時乳母抱弄於書屏下有指無字之字示僕者僕雖口未能言心已默識後有問此二字者雖百十其試而指之不差則僕宿習之緣已在文字中矣及五六

歲便學爲詩九歲諳識聲韻十五六始知有進士苦節讀書二十已來晝課賦夜課書間又課詩不遑寢息矣以至于口舌成瘡手肘成胝既壯而膚革不豐盈未老而齒髮早衰白瞥瞥然如飛蠅垂珠在眸子中也動以萬數蓋以苦學力文所致又自悲矣家貧多故二十七方從鄉賦既第之後雖專於科試亦不廢詩及授校書郎時已盈三四百首或出示交友如足下輩見皆謂之工其實未窺作者之域耳自登朝來年齒漸長閱事漸多每與人言多詢時務每讀書史多求理道始知文章合爲時而著歌詩合爲事而作是時皇帝初即位宰府有正人屢降璽書訪人急病僕當此日擢在翰林身是諫官手請諫紙啓奏之外有可以救濟人病裨補時闕而難於指言者輒詠歌之欲稍稍遞進聞於上上以廣宸聰副憂勤次以酬恩獎塞言責下以復吾平生之志豈圖志未就而悔已生言未聞而謗已成矣又

請爲左右終言之凡聞僕賀雨詩而衆口籍籍已謂非宜矣聞僕哭孔戡詩衆面脉脉盡不悅矣聞秦中吟則權豪貴近者相目而變色矣聞樂遊園寄足下詩則執政柄者扼腕矣聞宿紫閣村詩則握軍要者切齒矣大率如此不可徧舉不相與者號爲沽名號爲詆訐號爲訕謗苟相與者則如牛僧孺之戒焉乃至骨肉妻孥皆以我爲非也其不我非者舉不過三兩人有鄧魴者見僕詩而喜無何而魴死有唐衢者見僕詩而泣未幾而衢死其餘則足下足下又十年來困躓若此嗚呼豈六義四始之風天將破壞不可支持耶抑又不知天之意不欲使下人之病苦聞於上耶不然何有志於詩者不利若此之甚也然僕又自思關東一男子耳除讀書屬文外其他懵然無知乃至書畫碁博可以接群居之歡者一無通曉即其愚拙可知矣初應進士時中朝無緦麻之親達官無半面之舊策蹇步於利足之途張空拳於戰文

之場十年之間三登科第名入衆耳迹升清貫出交賢俊入侍冕旒始得名於文章終得罪於文章亦其宜也日者又聞親友間說禮吏部舉選人多以僕私試賦判傳爲準的其餘詩句亦往往在人口中僕恧然自愧不之信也及再來長安又聞有軍使高霞寓者欲娉倡妓妓大誇曰我誦得白學士長恨歌豈同他妓哉由是增價又足下書云到通州日見江館柱間有題僕詩者復何人哉又昨過漢南日適遇主人集衆樂娛他賓諸妓見僕來指而相顧曰此是秦中吟長恨歌主耳自長安抵江西三四千里凡鄉校佛寺逆旅行舟之中往往有題僕詩者士庶僧徒孀婦處女之口每每有詠僕詩者此誠雕蟲之戲不足爲多然今時俗所重正在此耳雖前賢如淵雲者前輩如李杜者亦未能忘情於其間哉古人云名者公器不可以多取僕是何者竊時之名已多既竊時名又欲竊時之富貴使已爲造物者肯兼

與之乎今之迍窮理固然也況詩人多蹇如陳子昂杜甫各授
一拾遺而迍剝至死李白孟浩然輩不及一命窮悴終身近日孟
郊六十終試協律張籍五十未離一太祝彼何人哉彼何人哉況
僕之才又不逮彼今雖謫佐遠郡而官品至第五月俸四五萬寒
有衣飢有食給身之外施及家人亦可謂不負白氏之子矣微之微
之勿念我哉僕數月來檢討囊袠中得新舊詩各以類分分為
卷首自拾遺來凡所適所感關於美刺興比者又自武德訖元
和因事立題題為新樂府者共一百五十首謂之諷諭詩又或
退公獨處或移病閑居知足保和吟翫情性者一百首謂之閑
適詩又有事物牽於外情理動於內隨感遇而形於歎詠者
一百首謂之感傷詩又有五言七言長句絕句自一百韻至兩韻
者四百餘首謂之雜律詩凡為十五卷約八百首異時相見當盡
致於執事微之古人云窮則獨善其身達則兼濟天下僕雖

不肖常師此語大丈夫所守者道所待者時時之來也爲雲龍爲風鵬勃然突然陳力以出時之不來也爲霧豹爲冥鴻寂兮寥兮奉身而退進退出處何往而不自得哉故僕志在兼濟行在獨善奉而始終之則爲道言而發明之則爲詩謂之諷諭詩兼濟之志也謂之閑適詩獨善之義也故覽僕詩知僕之道焉其餘雜律詩或誘於一時一物發於一笑一吟率然成章非平生所尚者但以親朋合散之際取其釋恨佐懽今銓次之間未能刪去他時有爲我編集斯文者略之可也微之夫貴耳賤目榮古陋今人之大情也僕不能遠徵古舊如近歲韋蘇州歌行才麗之外頗近興諷其五言詩又高雅閑澹自成一家之體今之秉筆者誰能及之然當蘇州在時人亦未甚愛重必待身後然人貴之今僕之詩人所愛者悉不過雜律詩與長恨歌已下耳時之所重僕之所輕至於諷諭者意激而言質閑適者思澹而詞

迂以質合迂宜人之不愛也今所愛者並世而生獨足下耳然千百年後安知復無如足下者出而知愛我詩哉故自八九年來與足下小通則以詩相戒小窮則以詩相勉索居則以詩相慰同處則以詩相娛知吾最要率以詩也如今年春遊城南時與足下馬上相戲因各誦新艷小律不雜他篇自皇子陂歸昭國里迭吟遞唱不絕聲者二十里餘樊李在傍無所措口知我者以爲詩仙不知我者以爲詩魔何則勞心靈役聲氣連朝接夕不自知其苦非魔而何偶同人當美景或花時宴罷或月夜酒酣一詠一吟不知老之將至雖驂鸞鶴遊蓬瀛者之適無以加於此焉又非仙而何微之微之此吾所以與足下外形骸脫蹤跡傲軒鼎輕人寰者又以此也當此之時足下興有餘力且與僕悉索還往中詩取其尤長者如張十八古樂府李二十新歌行盧楊二秘書律詩竇七元八絕句博搜精掇編而次之號元白往還詩集衆君子得擬議於此者

莫不踊躍欣喜以爲盛事嗟乎言未終而足下左轉不數月而僕又繼行心期索然何日成就又可爲之歎息矣又僕嘗語足下凡人爲文私於自是不忍於割截或失於繁多其間妍蚩益又自惑必待交友有公鑒無姑息者討論而削奪之然後繁簡當否得其中矣況僕與足下爲文尤患其多已尚病之況他人乎今且各纂詩筆粗爲卷第待與足下相見日各出所有終前志焉又不知相遇是何年相見在何地溘然而至則如之何微之微之知我心哉潯陽臘月江風苦寒歲暮鮮歡夜長無睡引筆鋪紙悄然燈前有念則書言無次第勿以繁雜爲倦且以代一夕之話也微之微之知我心哉樂天再拜

荅戶部崔侍郎書

侍郎院長閤下戶部際中奉八月十七日書具承康寧喜與抃會并別覩手翰訪敘綢繆何眷好勤勤若此之不替也幸甚幸甚

首垂問以鄙況不足云蓋默默兀兀委順任化而已次垂問以體
氣除舊目疾外雖不甚健亦幸無急病矣次垂問以月俸月俸
雖不多然量入以為用亦不至凍餒矣又垂問以舍弟渠從事東
川近得書且知無恙矣終垂問以心地此最要者輒梗概言之頃
與閤下在禁中日每視草之暇匡牀接枕言不及他常以南宗心
要互相誘導別來閑獨隨分增修比於曩時亦似有得得中無
得無可寄言來書云粗示可乎斯不可也又知兵部李尚書同在南
宮錢蕭二舍人移官閑秩退朝之暇數獲晤言每話舊遊輒蒙
見念此蓋君子久要之心不為榮顇合散增減耳而不佞者又何
幸焉然自到潯陽忽已周歲外物盡遣中心甚虛雖賦命之間
則有厚薄而忘懷之後亦無窮通用此道推頹然自足又或杜門
隱几塊然自居木形灰心動逾旬月當此之際又不知居在何地身是
何人雖鵩鳥集於前枯柳生於肘不能動其心也而況進退榮辱之

累耶又思頃者接確論時走嘗有言薦於執事云心與迹多相戾
道與名不兩立苟有志於道者若不幸於外是幸於内猥蒙歎
賞猶憶之乎今之身心或近是矣退思此語撫省初心求仁得仁
又何不足之有也前月中長兄從宿州來又孤幼弟姪六七人皆自遠
至日有糲食歲有麤衣飢寒獲同骨肉相保此亦默默委順之
外益自安也況廬山在前九江在左出門是滄浪水舉頭見香鑪峯
東西二林時時一往至如瀑水怪石桂風杉月平生所愛者盡在其中
此又兀兀任化之外益自適也今日之心誠不待此而後安適況兼之者
乎此鄙人所以安又安適又適而不知命之窮老之至也院長公望日
重啓沃非遥仰惟勉樹勳名勿以鄙劣爲念

與濟法師書

月日弟子太原白居易白　濟上人侍左　昨者頂謁時不以愚蒙言
及佛法或未了者許重討論今經典閒未諭者其義有二欲面問

荅恐彼此卒卒語言不盡故粗形於文字願詳覽之悉佇報章
以開未悟所望所望佛以無上大慧觀一切衆生知其根性大小不
等而以方便智說方便法故爲闡提說十善法爲小乘說四諦法
爲中乘說十二因緣法爲大乘說六波羅蜜法皆對病根救以良
藥此蓋方便教中不易之典也何以若爲小乘人說大乘法心則狂亂
狐疑不信所謂無以大海內於牛迹也若爲大乘人說小乘法是以
穢食置於寶器所謂彼自無創勿傷之也故維摩經揔其義云爲
大醫王應病與藥又首楞嚴三昧經云不先思量而說何法隨其
所應而爲說法正是此義耳猶恐說法者不隨人之根性也故又法
華經戒云若但讚佛乘衆生没在罪苦不能信是法破法不信
故如此非獨慮說者不能救病亦懼聞者不信没入罪苦也則佛
之付囑豈不丁寧也何則法王經云若定根基爲小乘人說小乘法爲
闡提人說闡提法是斷佛性是滅佛身是說法人當歷百千萬

劫墮諸地獄從佛出世猶未得出若生人中缺脣無舌獲如是報何以故衆生之性即是法性從本已來無有增減云何於中分别病藥又云於諸法中若説高下即名邪説其舌當破其舌當裂何以故一切衆生心垢同一垢心淨同一淨衆生若病應同一病衆生須藥應同一藥若説多法即名顛倒何以故爲妄分别捨善惡法破一切法故隨其説法斷佛道故此又了然不壞之義也又金剛經云是法平等無有高下是名阿耨多羅三藐三菩提又金剛三昧經云皆以一味道終不以小乘無有諸雜味猶如一雨潤據此後三經則與前三經義甚相戾也其故何哉若云依維摩詰謂富樓那云先當入定觀此人心然後説法又云不觀人根不應説法夫以富樓那之通慧又親奉如來爲大弟子尚未能觀知人心況後五百歲末法中弟子豈盡能觀知人心而後説法乎設使觀知人心若彼發小乘心而爲説大乘法可乎若未能觀彼心而率己意説又可乎既未

能觀與默然不說又可乎若云依義又依語則上六經之義乎相違反其將孰依乎若云依了義經則三世諸佛一切善法皆從此六經出孰名爲不了義經乎況諸經中與維摩法華首楞嚴之說同者非一也與法王金剛金剛三昧之說同者亦非一也不可遍舉故於二義中各舉三經此六經皆上人常所講讀者今故引以爲問必有甚深之旨焉今且有人忽問法於上人上人或能觀知其心或未能觀知其心將應病與藥而爲說耶將同一病一藥而爲說耶若應病與藥是有高下是有雜味即反法王等三經之義豈徒反其義又獲如上所說之罪報矣若同一病一藥爲說必當說大乘大乘即佛乘也若讃佛乘且不隨應心且不救病即反維摩等三經之義豈徒反其義又使衆生没在罪苦矣六者皆如來說如來是眞語實語不誑語不異語者今隨此則反彼順彼則逆此設有問者上人其將何法以對焉此其未諭者一也又五陰者色受想行識是也

十二因緣者無明行行緣識識緣名色名色緣六入六入緣觸觸緣受受緣愛愛緣取取緣有有緣生生緣老死病苦憂悲苦惱是也夫五陰十二因緣蓋一法也蓋一義也略言之則爲五詳言之則爲十二雖名數多少或殊其於倫次轉遷合同條貫今五陰中則色受想行識相次而十二緣中則行識色入觸受相緣一則色在行前一則色次行後正序之既不類逆倫之又不同若謂佛次第而言則不應有此雜亂若謂佛偶然而説則不當名爲因緣前後不倫其義安在此其未論者二也上人耆年大德後學宗師就出家中又以説法而作佛事必能研精二義合而通之仍望指陳著於翰墨蓋欲藏於篋笥永永不忘也其餘疑義亦續咨問居易稽首

與微之書

四月十日夜樂天白微之微之不見足下面已三年矣不得足下書欲二年矣人生幾何離闊如此况以膠漆之心置於胡越之身進不得

相合退不能相忘牽攣乖隔各欲白首微之微之如何如何天實爲之謂之奈何僕初到潯陽時有熊孺登來得足下前年病甚時一札上報疾狀次敘病心終論平生交分且云危惙之際不暇及他唯收數帙文章封題其上曰他日送達白二十二郎便請以代書悲哉微之於我也其若是乎又睹所寄聞僕左降詩云殘燈無焰影幢幢此夕聞君謫九江垂死病中驚起坐闇風吹雨入寒窗此句他人尚不可聞況僕心哉至今每吟猶惻惻耳且置是事略敘近懷僕自到九江已涉三載形骸且健方寸甚安下至家人幸皆無恙長兄去夏自徐州至又有諸院孤小弟妹六七人提挈同來頃所牽念者今悉置在目前得同寒煖飢飽此一泰也江州風候稍涼地少瘴癘乃至蛇虺蚊蚋雖有甚稀湓魚頗肥江酒極美其餘食物多類北地僕門內之口雖不少司馬之俸雖不多量入儉用亦可自給身衣口食且免求人此二泰也僕去年秋始遊廬山到東西二林間香鑪峯下

見雲水泉石勝絶第一愛不能捨因置草堂前有喬松十數株脩竹千餘竿青蘿爲牆援白石爲橋道流水周於舍下飛泉落於簷間紅榴白蓮羅生池砌大抵若是不能殫記每一獨往動彌旬日平生所好者盡在其中不唯忘歸可以終老此三泰也計足下久不得僕書必加憂望今故錄三泰以先奉報其餘事況條寫如後云云微之微之作此書夜正在草堂中山窻下信手把筆隨意亂書封題之時不覺欲曙舉頭但見山僧一兩人或坐或睡又聞山猿谷鳥哀鳴啾啾平生故人去我萬里瞥然塵念此際暫生餘習所牽便成三韻云憶昔封書與君夜金鑾殿後欲明天今夜封書在何處廬山菴裏曉燈前籠鳥檻猿俱未死人間相見是何年微之微之此夕我心君知之乎樂天頓首

荔枝圖序

荔枝生巴峽間樹形團團如帷蓋葉如桂冬青華如橘春榮實

如丹夏熟朵如蒲萄核如枇杷殼如紅繒膜如紫綃瓤肉瑩白如氷雪漿液甘酸如醴酪大略如彼其實過之若離本枝一日而色變二日而香變三日而味變四五日外色香味盡去矣元和十五年夏南賓守樂天命工吏圖而書之蓋爲不識者與識而不及一二三日者云

和答元九詩序　新樂府詩序　效陶公體詩序

琵琶引序　和夢遊春詩序　鷰子樓詩序

放言詩序　題詩屏序　木蓮花詩序

策林序

已上十序各列在本詩篇首此卷內元不載

白氏文集卷第四十五

白氏文集卷第四十六

書頌議論狀凡七首

補逸書　箴言并序　中和節頌并序　晉謚恭世子議

漢將李陵論　太原白氏家狀二道

補逸書

湯征諸侯葛伯不祀湯始征之作湯征　葛伯荒怠敗禮廢祀

湯專征諸侯戎輦徂征之湯若曰格尓三事之人逮于有衆啓乃心正乃容明聽予一言咨先格王有彛訓曰祿無常荷荷于仁福無常享享于敬惠乃道保厥邦覆乃德殄厥世惟葛伯反易天道怠棄邦本虐于民慢于神惟社稷宗廟罔克尊奉曁山川鬼神亦靡非禋祀告曰罔犧牲以供俎羞予畀厥牛羊乃旣于盜食曰罔黍稷以奉粢盛予佑厥稼穡乃困于仇餉令尓衆曰葛罪其如予聞曰爲邦者祇奉明神撫綏蒸民二者克備尚克保厥家

邦吁廢于祀神震怒肆于虐民離心填繩契以降曁于百代神怒亟民㧞而不顛隮者匪我攸聞小子屓復以涼德欽奉天威肇征有葛咨尔有衆克濟厥功其有儆師徒戒車乘茍君事者有明賞其有罔率職罔勠力不龔其命者有常刑明賞不僭常刑無赦嗚呼朕告汝衆君子監于兹欽哉懋哉罰及乃躬不可悔（神怒一無亟字）

箴言 并序

貞元十有五年　天子命中書舍人渤海公領禮部貢舉事越明年春居易以進士舉一上登第洎翌日至于旬時伏念固陋懼不克副公之選充王之賓乃自陳戒于德作箴言

曰我聞古君子人疾没世名不稱恥邦有道貧且賤令我生休明代二十有六年乃策名名既聞于君乃干禄禄將及于親外聞逮養繄公之德公之德之死矢報之報之義靡他惟勵乃志遠乃猷俾德日修道日就是報于公匪報于公是光于躬匪光于躬

是華于邦吁其念哉其勗哉庶俾行守規文中倫學惟時習罔怠棄位惟馴致罔躁求惟一德五常陶甄于內惟四科六藝斧藻于外若御輿既勒銜策乃克駿奔若冶金既砥淬礪乃克利用無曰擢甲科名既立而自廣自滿尚念山九仞虧于一簣無曰登一第位其達而自欺自卑尚念行千里始於足下嗚呼我無監于止水當監于斯文庶克欽厥止愼厥終自顧于箴言無作身之羞公之羞

中和節頌并序（此已下文並是未及第前作）

乾清而四時行坤寧而萬物生聖人則之無爲而無不爲神唐御宇之九葉皇帝握符之十載東夏咸寧君臣交欣有詔始以二月上巳日爲中和節自上下下雷解風動翌日而頒乎四嶽浹辰而達乎八荒於戲中和之時義遠矣哉惟唐之興我神堯子兆人而基皇德太宗家六合而開帝功立宗執象而薰蒸仁壽之風代宗

垂拱而阜富庶之俗舄奕乎赫赫煌煌八聖重光以至于我皇我皇運玄樞陶淳精治定而化成嗣皇極於穆清納黔首於升平于時數惟上元歲惟仲春皇帝穆然居青陽太廟命有司考時令以爲安萌牙養幼少緩刑獄布慶賜蓋百王常行之道未足以啓迪天地之化發揮祖宗之德乃命初吉肇爲中和中者揆三陽之中和者酌仁氣之和其爲稱也大矣非至聖疇能建之於是謀始要終循義討源于以九八節七六氣排重陽而拉上巳煦元氣于厚壤則幽蟄蘇而勾萌達噫和風于窮荒則桀驁化而獷俗淳垂萬祀以攄無窮被四表以示大同于時兩儀三辰貞明絪緼千品萬彙熙熙忻忻繇是文武百辟僉拜手稽首而颺言曰大哉睿德合于玄造又昔在唐堯敬授人時垂于典謨降及周文在鎬飲酒列于雅頌斯蓋欽若四序凱樂一方而已未若肇建令節混同天下懌鏞動植慶浹華夷若斯之盛歟蓋聖人之作事必導達交泰幽

贊亨育與元化合其運與貞享同其功丕休哉其至矣夫賤臣居易忝濡文明之化就賓貢之列輒敢美盛德頌成功獻中和頌一章附于唐雅之末頌曰

權輿厥渾玄黃既分煦嫗絪緼羣生蒸民天命聖神是爲大人大人淳淳爲天下君巍巍我唐穆穆我皇纂承九葉照臨八方四維載張兩曜重光齷齪唐虞趑趄羲皇秉時有作煥乎文章乃建貞元以正乾坤乃紀吉辰以殷仲春吉辰伊何號爲中和和維大和中維大中以暢中氣以播和風萌牙昆蟲昭蘇有融如斡玄化如運神功於戲德洽道豐萬邦來同微臣作頌垂裕無窮

晉謚恭世子議

晉侯以驪姬之惑殺太子申生或謂申生得殺身成仁之道是以晉人謚爲恭世子載在方冊古今以爲然居易獨以爲不然也大凡恭之義有三以孝保身子之恭以正承命臣之恭以道守嗣君之恭

若棄嗣以非禮不可謂道受命於非義不可謂正殺身以非罪不可謂孝三者率非恭也申生有焉而謚曰恭不知其可若垂末代以爲訓戒居易懼後之臣子有失大義守小節者將奔走之將欲商權敢徼義類在昔虞舜父頑母嚚舜既克諧瞽亦允若申生父之昏姬之惡誠宜率子道以幾諫感君心以至誠雖申生之孝不侔於舜而獻公之頑亦不逮於瞽盍以蒸蒸之乂俾不格於姦乎故咎之始形則齋栗祗載爲虞舜可也若不能及禍之將兆則讓位去國爲吳太伯可也若又不能及難之既作則全身遠害爲公子重耳可也三失無一得於是乎致身於不義不祗陷父於不德不慈負罪被名以至於死臣子之道不其惑歟夫以堯之聖書美曰允恭舜之孝書美曰溫恭今以申生之失道亦謂曰恭庸可稱乎周之衰也楚子以霸王之器奄有荆蠻光啓土宇赫赫楚國由之而興謚之爲恭猶曰薄德今申生徇其死不顧其義輕其身不圖

其君俾死之後弒三君（奚齊卓子懷公）殺十有五臣（荀息里克丕鄭祁舉共華賈華叔堅騅歂纍虎特宮山祁慶鄭狐突瑕生郤芮）實啓禍先大亂晉國則楚之得也如彼申生之失也若此異德同謚無乃不可乎左氏修魯史受經於仲尼蓋仲尼之志丘明從而明之無善惡無小大莫不微婉而發揮焉至於申生之死也之謚也略而無譏何其謬哉何以覈諸且仲尼修春秋明則有凡例幽則有微言曰其有君不君臣不臣父不父子不子者率書名以貶之故書曰晉侯殺其太子申生不言晉人而書晉侯且名太子者蓋明晉侯不道且罪申生陷君父於不義也以微言考之則仲尼明貶可知矣以凡例推之則左氏之闕文可知矣嗚呼先王之制謚豈容易哉蓋善惡始終必褒貶於一字所以彰明往者勸沮來者故君子於其謚無所苟而已矣繇是而言則恭世子之謚不亦誣乎不亦誣乎

漢將李陵論

論曰忠孝智勇四者爲臣爲子之大寳也故古之君子奉以周旋

苟一失之是非人臣人子矣漢李陵策名上將出討匈奴竊謂不死於王事非忠生降於戎虜非勇棄前功非智召後禍非孝四者無一可而遂亡其宗哀哉予覽史記漢書皆無明譏竊甚惑之司馬遷雖以陵獲罪而無譏可乎班孟堅亦從而無譏又可乎按禮云謀人之軍師敗則死之故敗而死者是其所也春秋所以美狼瞫者爲能獲其死所而陵獲所不死得無譏焉觀其始以步卒深入虜庭而能以寡擊衆以勞破逸再接再捷功孰大焉及乎兵盡力殫摧鋒敗績不能死戰卒就生降噫墜君命挫國威不可以言忠屈身於夷狄束手爲俘虜不可以言勇喪戰勳於前墜家聲於後不可以言智罪逭於躬禍移於母不可以言孝而引范蠡曹沫爲比又何謬歟且會稽之耻蠡非其罪魯國之羞沫必能報所以二子不死也而陵苟免其微軀受制於强虜雖有區區之意亦奚爲哉夫吳齊者越魯之敵國匈奴者漢之外臣俾大漢之將爲單

于之擒是長寇肆辱國家甚矣況二子雖不死無陵生降之名二子苟生降無陵及親之禍酌其本末事不相侔而陵竊慕之是大失臣子之義也觀陵荅子卿之書旨意者但患漢之不知己而不自內省其始終焉何者與其欲刺心自明刎頸見志曷若効節致命取信於君與其痛毋悼妻尤君怨國曷若忘身守死而紓禍於親焉或曰武帝不能明察苟聽流言遽加厚誅豈非負德荅曰設使陵不苟其生能繼以死則必賞延於世刑不加親戰功足以冠當時壯節足以垂後代忠孝智勇四者立而死且不朽矣何流言之能及哉嗚呼予聞之古人云人各有一死死或重於泰山生或輕於鴻毛若死重於義則視之如泰山也若義重於死則視之如鴻毛也故非其義君子不輕其生得其所君子不愛其死惜哉陵之不死也失君子之道焉故隴西士大夫以李氏爲愧不其然乎不其然乎

太原白氏家狀二道（元和六年兵部郎中知制誥李建撿此二狀修撰銘誌）

故鞏縣令白府君事狀

白氏芈姓楚公族也楚熊居太子建奔鄭建之子勝居于吳楚間號白公因氏焉楚殺白公其子奔秦代爲名將乙丙已降是也裔孫曰起有大功於秦封武安君後非其罪賜死杜郵秦人憐之立祠廟于咸陽至今存焉及始皇思武安之功封其子仲于太原子孫因家焉故今爲太原人自武安以下凡二十七代至府君高祖諱建北齊五兵尚書贈司空曾祖諱士通皇朝利州都督祖諱志善朝散大夫尚衣奉御父諱溫朝請大夫檢校都官郎中公諱鍠字鍾都官郎中第六子幼好學善屬文尤工五言詩有集十卷年十七明經及第解褐授鹿邑縣尉洛陽縣主簿酸棗縣令理酸棗有善政本道節度使令狐章知而重之秩滿奏授殿中侍御史内供奉賜緋魚袋充滑臺節度參謀軍府之要多咨度焉居歲餘公嘗規章之失章不聽公因留一書移章不辭而去明年選

授河南府鞏縣令在任三考自廉邑至鞏縣皆以清直靜理聞於
一時為人沈厚和易寡言多可至於涉是非開邪正者辨而守之
則確乎其不可拔也大曆八年五月三日遇疾歿于長安春秋六十八
以其年權厝於郏縣下邑里夫人河東薛氏夫人之父諱倣河南縣
尉大曆十二年六月十九日歿於新鄭縣私第享年七十以其年權
窆厝於新鄭縣臨洧里公有子五人長子諱季庚襄州別駕事具
後狀次諱季般徐州沛縣令次諱季彰許州許昌縣令次諱季寧
河南府參軍次諱季平鄉貢進士元和六年十月八日孫居易等始
發護靈櫬遷葬於下邽縣北義津鄉北原而合祔焉謹狀

襄州別駕府君事狀

公諱季庚字　鞏縣府君之長子天寶末明經出身解褐授
蕭山縣尉歷左武衛兵曹參軍宋州司戶參軍建中元年授彭城
縣令時徐州為東平所管屬本道節度使反反之狀先以勝兵

屯埇口絶汴河運路然後謀東闚江淮朝廷憂虞計未有出公與李
州刺史李洧潛謀以徐州及埇口城歸國反拒東平東平遣驍將
信都崇敬石隱金等率勁卒二萬攻徐州徐州無兵公收合吏民
得千餘人與李洧堅守城池親當矢石晝夜攻拒凡四十二日而諸
道救兵方至既而賊徒潰運路通首挫逆謀不敢東顧繇是徐
州一郡七邑及埇口等三城到于今訖不隸東平者實李洧與公
之力也德宗嘉之命公自朝散郎超授朝散大夫自彭城令擢拜
本州別駕賜緋魚袋仍充徐泗觀察判官故其制云今州將忠謀
翻然効順叶其誠美共贊良圖我懸爵賞俟茲而授宜加佐郡之
命仍寵殊階之序貞元初朝廷念公前功加檢校大理少卿依前徐
州別駕當道團練判官仍知州事故其制云嘗宰彭城挈而歸
國舊勳若此新寵蔑如或不延厚於忠臣將何勸於義士宜崇
亞列再貳徐方秩滿又除檢校大理少卿兼衢州別駕秩滿李道

觀察使皇甫政以公政績聞薦又除檢校大理少卿兼襄州別駕貞元十年五月二十八日終於襄陽官舍享年六十六其年權窆於襄陽縣東津鄉南原至元和六年十月八日嗣子居易等遷護於下邽縣義津鄉北原從華縣府君宅兆而合祔焉夫人潁川陳氏陳朝宜都之後祖諱璋利州刺史考諱潤坊州鄜城縣令妣太原白氏夫人無兄姊弟妹八歲丁鄜城府君之憂居喪致哀主祭盡敬其情禮有過成人者中外姻族咸稱異之十五歲事舅姑服勤婦道夙夜九年迨于奉蒸嘗睦娣姒待賓客撫家人又三十三年禮無違者故中外凡爲冢婦者皆景慕而儀刑焉又別駕府君即世諸子尚幼未就師學夫人親執詩書晝夜敎導恂恂善誘未嘗以一呵一杖加之十餘年間諸子皆以文學仕進官至淸近實夫人慈訓所致也夫人爲女孝如是爲婦順如是爲母慈如是舉三者與百行可知矣建中初以府君彭城之功封潁川縣君元和六年四月三日歿于長

安宣平里第享年五十七其年十月八日從先府君祔于皇姑焉有子四人長曰幼文前饒州浮梁縣主簿次曰居易前京兆府戶曹參軍翰林學士次曰行簡前秘書省校書郎幼子金剛奴無祿早世初高祖贈司空有功於北齊詔賜莊宅各一區在同州同城縣至今存焉故自司空而下都官郎中而上皆葬於韓城縣今以卜歸不便遂改卜於華縣府君及襄州別駕府君兩塋於下邽縣義津鄉北原其兩塋同兆域而異封樹蓋從時宜且叶吉也謹狀

白氏文集卷第四十六

白氏文集卷第四十七

試策問制誥凡十六首

制試才識兼茂明於體用策一道

禮部試策五道　試進士策問五道

翰林試制誥等五道

才識兼茂明於體用科策一道 元和元年四月登科第四等

問皇帝若曰朕觀古之王者受命君人兢兢業業承天順地靡不思賢能以濟其理求讜直以聞其過故禹拜昌言而嘉猷罔伏漢徵極諫而文學稍進匡時濟俗罔不率繇厥後相循有名無實而又設以科條增求茂異捨斥己之至言進無用之虛文指切著明罕稱於代茲朕所以歎息鬱悼思索其真是用發懇惻之誠咨體用之要庶乎言之可行行之不倦上獲其益下輸其情君臣之間確然相與子大夫得不勉思朕言而茂明之我國家光宅四海年將二百十聖弘化萬邦懷仁三王之禮靡不講六代之樂罔不舉浸澤于下昇中于天周漢以還莫斯爲盛自禍階漏壤兵宿中原生人困竭耗其大半農戰非古衣食罕儲念茲疲甿遠乖富庶督耕

植之業而人無戀本之心峻摧酷之利而下有重斂之困舉何方而可以復其盛用何道而可以濟其艱既往之失何者宜懲將來之虞何者當戒昔主父懲患於晁錯而用推恩夷吾致霸於齊(淵聖御名)而行寓令精求古人之意啓迪來哲之懷眷茲洽聞固所詳究又執契之道垂衣不言委之於下則人用其私專之於上則下無其効漢元優游於儒學盛業竟衰光武責課於公卿峻政非美二途取捨未獲所從余心浩然益所疑惑子大夫孰究其旨屬之於篇興自朕躬無悼後害

對臣聞漢文帝時賈誼上疏云可爲痛哭者一可爲流涕者二可爲長太息者三是時漢興四十載萬方大理四海大和而賈誼非不見之所以過言者以爲詞不切志不激則不能迴君聽感君心而發憤於至理也是以雖盛時也賈誼過言而無愧雖過言也文帝容之而不非故臣不失忠君不失聖書之史策以爲美談然臣觀自

茲已來天下之理未曾有髣髴於漢文帝時者激切之言又未有
髣髴於賈誼跡者豈非君之明聖不侔於文帝乎臣之忠讜不逮
於賈誼乎不然何衰亂之時愈多而切直之言愈少也今陛下思禹
之昌言而拜之念漢之極諫而徵之廢虛文之無用者獎至言之斥
已者詢臣以可行之策諭臣以不倦之意懇惻欝悼發於至誠此
眞聖王思至理求過言之明旨也斯則陛下之道已弘於前代臣之才
識劣於古人輒欲過言以裨陛下明德萬分之一也裨之者非敢謂言
之必可行也體用之必可明也且欲使後代知陛下踐祚之後有朴直敢
言之臣出焉無俾文帝賈誼專美於漢代然後退而俯伏以待罪
戾焉臣誠所甘心也謹以過言昧死上對伏蒙陛下賜臣之策有思興
禮樂之道念救疲甿之方辯徵往戒來之宜審推恩寘愚今之要至
矣哉陛下之念及此實萬葉之福也豈唯一代之人受其賜而已哉臣
聞疲病之作有因緣焉爲救療之方有次第焉臣請爲陛下究因緣

陳次第而言之臣聞太宗以神武之姿撥天下之亂玄宗以聖文之德致天下之肥當二宗之時利無不興弊無不革遠無不服近無不和貞觀之功既成而大樂作焉雖六代之盡美無不舉也開元之理既定而盛禮興焉雖三王之明備無不講也禮行故上下輯睦樂達故內外和平所以兵偃而萬邦懷仁刑清而兆人自化動植之類咸煦嫗而自遂焉雖成康文景之理無以出於此矣洎天寶以降政教寖微寇既薦興兵亦繼起兵以遏寇寇生於兵兵寇相仍迨五十載財征由是而重人力由是而罷下無安心雖日督農桑之課而生業不固上無定費雖日峻管榷之法而歲計不充日削月朘以至於耗竭其半矣此臣所謂疲病之因緣者也豈不然乎由是觀之蓋人疲由乎稅重稅重由乎軍興軍興由乎寇生寇生由乎政鈌然則未修政教而望寇戎之銷未銷寇戎而望兵革之息雖太宗不能也未息兵革而求征徭之省

未省征徭而求黎庶之安雖玄宗不能也何則事有以然雖常人足以致勢有所不可雖聖哲不能爲伏惟陛下將欲安黎庶先念省征徭將欲省征徭先念息兵革將欲息兵革先念銷寇戎將欲銷寇戎先念修政教何者若政教修則下無詐僞暴悖之心而寇戎所由銷矣寇戎銷則無興發攻守之役而兵革所由息矣兵革息則國無餽餫飛輓之費而征徭所由省矣征徭省則人無流亡轉徙之憂而黎庶所由安矣臣竊觀今天下之寇雖已盡銷伏願陛下不以易銷而自怠今天下之兵雖未盡散伏願陛下不以難散而自疑無自怠之心則政教日肅無自疑之意則誠信日明故政教肅則暴亂革心誠信明則獷驁歸命革心則天下將萌之寇不遏而自銷歸命則天下已聚之兵不散而自息然後重斂可日減疲甿可日安富庶可日滋困竭可日補日安則和悅之氣積日富則廉讓之風形因其廉讓而示之以禮則禮易行矣

乘其和悅而鼓之以樂則樂易達矣舉斯方而可以復其盛用斯道而可以濟其難懲既往之失莫先於誠不明而政不修戒將來之虞莫先於寇不銷而兵不息此臣所謂救療之次第者也豈不然乎若齊行寓令之法以霸諸侯漢用推恩之謀以懲亡國施之今日臣恐非宜何者且今萬方一統四海一家無隣國可傾非夷吾用權之秋也雖欲寓令將何所寓耶今除國建郡置守罷侯無爵土可疏非主父矯弊之日也雖欲推恩恩將何所推耶但陛下嗣貞觀之功弘開元之理必將光于宗而福萬葉矣何區區齊漢之法而足為陛下所慕哉精究之端實在於此矣又蒙陛下賜臣之問有執契垂衣之道委下專上之宜敦儒學而業衰責課實而政失者此皆政化之所急今古之所疑陛下幸念之臣有以見天下之理興矣夫執契之道垂衣不言者蓋言已成之化非謀始之課也委之於下者言王者之理在其司分其務而已非謂政無

小大悉委之於下也專之於上者言王者之道秉其樞執其要而已非謂事無巨細悉專之於上也漢元優游於儒學而盛業竟衰者非儒學之過也學之不得其道也光武責課於公卿而峻政非美者非考課之累也責之不得其要也臣請重為陛下別白而明之夫垂衣不言者豈不謂無為之道乎也臣聞無為而理者其舜也歟舜之理道臣粗知之矣始則懋於修己勞於求賢明察其刑明慎其賞外序百揆內勤萬樞昃食宵衣念其不息之道夫如是豈非大有為者終則安於恭己逸於得賢明刑至于無刑明賞至于無賞百職不戒而舉萬事不勞而成端拱凝旒立於無過之地夫如是豈非具有為者乎故臣以為無為者非無所為也必先有為而後至於無為也老子曰無為而無不為蓋是謂矣夫委下而用私專上而無効者此由非所宜委而委之也非所宜專而專之也臣請以君臣之道明之臣聞上下異位君臣殊道蓋大者簡者君道

也小者繁者臣道也臣道者百職小而衆萬事細而繁誠非人君一聰所能徧察一明所能周覽也故人君之道但擇其人而任之舉其要而執之而已矣昔九臣各掌其事而唐堯乘其功以帝天下十亂各効其能而周武揔其理以王天下三傑各宣其力而漢高兼其用以取天下三君子者不能爲一焉但執要任人而已亦猶心之於四肢九竅百骸也不能爲一焉然而寢食起居言語視聽皆以心爲主也故臣以爲君得君之道雖専之於上而下自有以展其効矣臣得臣之道雖委於下而人亦無以用其私矣由此而言光武督責而政未甚美者非他昧君臣之道於小大繁簡之際也漢元優游而業以寖衰者非他昧無爲之道於始終勞逸之間也二途得失較然可知陛下但舉中而行則無所惑矣臣伏以聖策首言曰思賢能以濟其理求讜直以聞其過又曰上獲其益下輸 其情其末章則又曰興自朕躬無忤後害此誠陛下思酌下言欲

聞上失勤勤懇懇慮臣輩有所隱情者也臣敢不再竭狂直
以副天心之萬一焉臣聞古先聖王之理也制欲於未萌除害於
未兆故靜無敗事動有成功自非聖王則異於是莫不欲逞
於始悔追於終政失於前功補於後利害之効可略而言且如軍
暴而後戢之兵亂而後遏之善則善矣不若防其微杜其漸使
不至於暴亂也官邪而後責之吏姦而後誅之懲則懲矣不若
審其才得其人使不至於姦邪也人餒而後食之人凍而後衣之惠
則惠矣不若輕其徭薄其稅使不至於凍餒也舉一知十不其然
乎今陛下初嗣祖宗新臨蒸庶承多虞之運當鼎盛之年此誠
制欲於未萌除害於未兆之時也伏惟陛下苟惜其時重慎於事
既往者且追救於弊後將來者宜早防於事先夫然則保邦恒
在於未危恭己常居於無過三五之道夫豈遠哉臣生也得爲唐
人當陛下臨御之時覩陛下升平之始斯則臣朝聞而夕死足矣

而況元才識之責承體用之問者乎今所以極千慮昧萬死當
盛時獻過言者此誠微臣喜朝聞甘夕死之志也不然何輕肆狂
瞽不避斧鑕若此之容易焉伏惟少垂意而臨覽之則臣生死幸甚
生死幸甚謹對

禮部試策五道 貞元十六年二月高侍郎試及第

第一道

問周禮庶人不畜者祭無牲不耕者祭無盛不蠶者不帛不績者不縗皆所以恥不勉抑游惰欲人務衣食之源也然爲政之道當因人所利而利之故修其教不易其俗齊其政不易其宜由是農商工賈咸遂生業若驅彼齊人强以周索粢盛布帛必由己出無乃物力有限地宜不然而置神廢禮誰曰非闕且使日中爲市懋遷有無者更何事焉

對利用厚生教之本也從宜隨俗政之要也周禮云不畜無牲不

田無畞不蠶不帛不績不縷蓋勸厚生之道也論語云因人所利而利之蓋明從宜之義也夫田畜蠶績四者土之所宜者多人之所務者衆故周禮舉而為條目且使居之者無游情無墮業焉其餘非四者雖一不具舉則隨土物生業而勸導之可知矣非謂使物易業土易宜也夫先王酌教本提政要莫先乎任土辨物簡能易從然後立為大中垂之不朽也若謂其驅天下之人責其所無強其所不能則何異夫求萍於中逵植橘於江北反地利違物性孰甚焉豈直易俗失宜匱神廢禮而已且聖人辨九土之宜別四人之業使各利其利焉各適其適焉猶懼生生之物不均也故日中為市交易而退所以通貨食遷有無而後各得其所矣由是言之則大易致人之制周官勸人之典論語利人之三科具舉有條而不紊矣謹對

第二道

問書曰眚災肆赦又曰宥過無大而禮云執禁以齊衆不赦過
若然豈爲政以德不足恥格峻文必誅斯爲禮乎詩稱既明且哲
以保其身易稱利用安身以崇德也而語云無求生以害仁有殺身
以成仁若然則明哲者不成仁歟殺身非崇德歟
對聖王以刑禮爲大憂理亂繫焉君子以仁德爲大寶死生一
焉故邦有用禮而大理者有用刑而小康者古人有崇德而遠
害者有蹈仁而守死者其指歸之義可得而知焉在乎聖王秉
時君子行道也何者當其王道融人心質善者衆而不善者鮮
一人不善衆人惡之故赦之可也所以表好生惡殺且臻乎仁壽之
域矣而肆赦宥過之典由茲作焉及夫大道隱至德衰善者鮮
而不善者衆一人不善衆人効之故赦之不可也所以明懲惡勸善
且革澆醨之俗矣而執禁不赦之文由茲興焉此聖王所以隨時
以立制順變而致理非謂德政之不若刑罰也然則君子之爲君

子者爲能先其道後其身守其常則以道善乎身罹其變則不以身害乎道故明哲保身亦道也巢許得之求仁殺身亦道也夷齊得之雖殊時異致同歸於一揆矣何以覈諸觀乎古聖賢之用心也苟守道而死死且不朽是非死也苟失道而生生而不仁是非生也向使夷齊生於唐虞之代安知不明哲保身歟巢許生於殷周之際安知不求仁殺身歟蓋否與泰各繫於時也生與死同歸於道也由斯而觀則非謂崇德者不爲成仁殺身者不爲明哲矣嗚呼聖王立教同出而異名君子行道百慮而一致亦猶水火之相戾同根於冥數共濟於人用也亦猶寒暑之相反同本於元氣共濟於歲功也則用刑措刑之道保身殺身之義昭昭然可知歟謹對

第三道

問聖哲垂訓言微旨遠至於禮樂之同天地易簡之在乾坤考以何文術於何象絕學無憂原伯魯豈其將落仁者不富公子荆曷

云苟美朝陽之桐聿來鳳羽泮林之椹克變鴞音勝乃俟乎木雞巧必資於瓦注咸所未悟庶聞其說

對古先哲王之立彝訓也雖言微旨遠而學者苟能研精鉤深優柔而求之則壼奧指趣將焉廋哉然則禮樂之同天地者其文可得而考也豈不以樂作於郊而天神和焉禮定於社而地祇同焉上下之大同大和由禮樂之馴致也易簡之在乾坤者其象可得而徵也豈不以乾以柔克而運四時不言而善應坤以陰騭而生萬物不爭而善勝柔克不言之謂易陰騭不爭之謂簡簡易之道不其然乎老氏絕學無憂徼其溺於時俗之習也原伯置且不學將落戒其廢聖哲之道也孟子不富之說慮蘊利而生孽也公子荆苟美之言豈嘉安人而豐財也鳳鳴朝陽非梧桐而不棲擇木而集也鴞止泮林食桑椹而好音感物而變也事有躁而失靜而得者故木雞勝焉有貴而失賤而得者故瓦注巧焉雖去聖

逾遠而大義斯存是故遠言徵言可明徵矣謹對

第四道

問天地有常道日月有常度水火草木有常性皆不易之理也至乃鄒衍吹律而寒谷暖魯陽揮戈而暮景迴呂梁有出入之游周原變堇荼之味不測此何故也將以傳信乎抑亦傳疑乎

對原夫元氣運而至精分三才立而萬物作惟天地日月暨水火草木度數情性各有其常其隨事應物而遷變者斯人之所感也何哉惟天地萬物父母惟人萬物之靈蓋天地無常心以人心爲心苟能以最靈之心感善應之天地至誠之誠感無私之日月則必如影隨形響隨聲矣而況於水火草木乎故有吹律於寒谷和氣生焉揮戈於曜靈暮景迴焉神合於水游呂梁而出入不溺化被於草木周原而堇荼變味蓋景之生則守其常性也精誠之至則感而常通也靜守常性動隨常通是道可於物而非常

於一道也夫如是則兩儀之道七曜之度萬物之性可察矣可信矣夫何疑焉謹對

第五道

問紡績之弊出於女工桑麻不甚知而布帛日已賤蠶織者勞苦公議者知之欲平價乎其術安在又倉廩之實生於農畝人有餘則輕之不足則重之故歲一不登則種食多竭往年時雨愆候宸慈軫懷遣使振廩分官賤糶故得餓殍載活麥禾載登思我王度金玉至矣竊聞壽昌常平今古稱便國朝典制亦有斯倉開元之二十四年又於京城大置賤則加價收糴貴則終年出糶所以時無艱食亦無傷農今者若官司上聞追葺舊制以時斂散以均貴賤其於美利不亦多乎

對人者邦之本也衣食者人之所由生也古者聖人在上而下不凍餒者非家衣而戶食之蓋能爲之開衣食之源均財用之節也方今

倉廩虛而農民困布帛賤而女工勞以愚所覩粗知其本何者夫天地之數無常故歲一豐必一儉也衣食之生有限故物有盈則有縮也古人知其必然也故斂儉嗇以足衣務儲蓄以足食是以禹有九年之水湯有七年之旱野無靑草人無菜色者無他歟蓋勤儉儲積之所致耳故曰前事之不忘後事之元龜也當今將欲開美利利天下以厚生生蒸人返貞觀之升平復開元之富壽莫匪乎實倉廩均豐凶則耿壽昌之常平得其要矣今若升聞舉修舊制上自京邑下及郡縣謹豆區以出納督官吏以監臨歲豐則貴糴以利農民歲歉則賤糶以卹下若水旱作沴則資爲九年之嗇若兵革或動則餽爲三軍之粮可以均天時之豐儉權生物之盈縮修而行之實百代不易之道也虞災救弊利物寧邦莫斯甚焉然則布帛之賤者由錐刀之蘊也苟粟麥足用泉貨通流則布帛之價輕重平矣抑居易聞短綆不可以汲深曲士

不可以語道小子狂簡不知所以裁之莫究微言空懃下問謹對

進士策問五道 元和三年爲府試官

第一道

問禮記曰事君有犯無隱又曰爲人臣者不顯諫然則不顯諫者有隱也無乃失事君之道乎無隱者顯諫也無乃失爲臣之節乎語曰不知命無以爲君子易曰樂天知命故不憂又語曰君子憂道不憂貧斯又憂道者非知命乎樂天不憂者非君子乎夫聖人立言皆有倫理雖前後上下若貫珠然今離之則可以旁行合之則不能同貫豈精義有二耶抑學者未達其微言耶

第二道

問大時不齊大信不約大白若辱大直若屈此四者先聖之格言後學之彝訓有國者酌之以行化也立身者踐之以修已也然則雷一發而蟄蟲蘇勾萌達霜一降而天地肅草木衰其爲

時也大矣斯豈不齊者乎日月代明而晝夜分刻漏者準之無杪忽之失焉春秋代謝而寒暑節律呂者候之無黍累之差焉其爲信也大矣斯豈不約者乎堯讓天下而許由遁周有天下而伯夷餓其爲白也大矣斯亦不辱者乎桀不道龍逄諫而死紂不道比干諫而死其爲直也大矣斯豈不屈己者乎由是而觀有國者立身者惑之久矣衆君子試爲辨之

第三道

問大凡人之感於事則必動於情發於歎興於詠而後形於歌詩焉故聞蓼蕭之詠則知德澤被物也聞北風之刺則知威虐及人也聞廣袖高髻之謡則知風俗之奢蕩也古之君人者採之以補察其政經緯其人焉夫然則人情通而王澤流矣今有司欲請於上遣觀風之使復採詩之官俾無遠邇無美刺日採於下歲聞于上以副我一人憂萬人之旨識者以爲何如

第四道

問百官職田蓋古之稍食也國朝之制懸在有司兵興已還吏鮮克舉今稽其地籍則田亦具存計以戶租則數多散失至使內外官中有品秩等局署同而厚薄相懸不啻乎十倍斯者積弊之甚也得不思革之乎請陳所宜以救其失

第五道

問穀帛者生於下也泉貨者操於上也必由均節以致厚生今田疇不加闢而菽粟之價日賤桑麻不加植而布帛之估日輕懋力者輕用而愈貧射利者賤收而愈富至使農人益困游手益繁矣然豈穀帛斂散之節失其宜乎將泉貨輕重之權不得其要乎今天子方策天下賢良政術之士親訪利病以活元元吾子若待問於王庭其將何辭以對

奉勅試制書詔批荅詩等五首 元和二年十一月四日自集賢院召赴銀臺候進旨五日

召入翰林奉勑試制詔等五首翰林院使梁守謙奉宣宜授翰林學士數月除左拾遺

奉勑試邊鎮節度使加僕射制

將仕郎守京兆府盩厔縣尉集賢殿校理臣白 居易進

門下鎮寧三邊左右百揆兼茲重任必授全材某鎮節度使某乙天與忠貞日彰名節德溫以肅氣直而和明畧足以佐時英姿足以過冠槩經事任歷著勳庸中權之令風行外鎮之威山立戎夷懾服漢兵無西擊之勞疆場底寧胡馬絕南牧之患禁暴而三軍輯睦除害而百姓阜安千里長城一方內地實貴嘉乃績爰簡朕心夫竭力輸誠爲臣之大節念功懋賞有國之恒規顧茲忠勤宜進爵秩尔有統戎之畧已授旌旄尔有宣贊之猷特加端揆往踐厥職其惟有終可尚書左僕射餘如故主者施行

與金陵立功將士等勑書

勑浙西立功將士等朕自臨寰宇已再逾年以忠恕牧萬人以恩

信馭百辟動必思於卹隱靜無忘於泣辜庶乎馴致小康寖興大道也李錡因緣屬籍踐歷官常苞藏禍心素懷梟鏡之性彰露凶德忽發豺狼之聲朕念以宗枝務於容貸諭以迷復卒無悛心而乃保界重江竊弄凶器扞拒朝命驅脅師人背德欺天亂常干紀蜂蠆之毒流于郡縣犬彘之行肆于閨門惡稔禍盈親離衆叛人神共棄天地不容卿等忠憤闇彰義勇潛發變疾風雨謀先鬼神中推赤心前蹈白刃率其奮力死命于軍前擒其兇魁生致于闕下廓千里之沴氣濟一方之生人誠感君親義激臣子臨危見不奪之節因事立非常之功予嘉乃誠一念三歎至於圖勞楙賞詢事策勲各有等差續當處分故先宣慰宜並悉之冬寒卿等各得平安好遣書指不多及

與崇文詔 為頻請朝覲并寒月跋涉意時崇文爲西川節度使

勅崇文卿忠廉立身簡直成性董戎長武邊候以安授律西川兇

徙蕩滅是以寵崇外閫秩進上公而能省事安人多方撫俗諭朕念功之旨勉其師徒宣朕卹隱之心慰彼黎庶威立無暴功成不居累陳表章懇請朝覲雖殿邦之寄重誠欲藉才而望闕之戀深固難奪志且嘉且歎彌感于懷屬時候嚴凝山川脩阻永言跋涉當甚勤勞佇卿來思副朕誠望想宜知悉冬寒卿比平安好遣書指不多及

批河中進嘉禾圖表

上天降休下土効祉將表豐年之兆故生同穎之祥顧慚寡德受此嘉瑞披圖省表閱視久之卿發誠自中歸美于上亦宜勉勤臣賛馴致邑熙庶洽升平之風以叶和同之慶所賀知

太社觀獻捷詩 以功字爲韻四韻成

淮海妖氛滅乾坤嘉氣通班師郊社内操袂凱歌中廟筭無遺策天兵不戰功小臣同鳥獸率舞向皇風

白氏文集卷第四十七

白氏文集卷第四十八

中書制誥一 舊體 凡二十七首

張徹宋申錫可並監察御史制

楊子留後殷彪授金州刺史兼侍御史河陰令韋同憲授南鄭令韋弁授絳州長史三人同制

馮宿除兵部郎中知制誥制

鄭覃可給事中制

韋審規可西川節度副使御史中丞李虞仲

崔戎姚向溫會等並西川判官皆賜緋各

檢校省官兼御史制

魏博軍將呂晃等從弘正到鎮州各加御史大
夫賓客等制

張平叔可戶部侍郎判度支制

李虞仲可兵部員外郎崔戎可戶部員外郎

牛僧孺可戶部侍郎制

庾承宣可尚書右丞制

張聿可衢州刺史制

辛丘度可工部員外郎李石可左補闕李仍叔
可右補闕三人同制

魏博軍將薛之縱等十四人各授官爵制

裴度李夷簡王播鄭絪楊於陵等各賜爵
并迴授爵制

鄭餘慶楊同懸等十人亡母追贈郡國夫人制

李寘授咸陽令制

劉縱授秘書郎制

程君羣授防州司馬制

海内刺史王元輔加中丞制

楊潛可洋州刺史李繁可遂州刺史史備可濠州刺史制

張洪相里友旻並山南東道判官同制

姚成節右神策將軍知軍事制

高鉽等一十人亡母鄭氏等贈太君制

柳公綽可吏部侍郎制

孔戣可右散騎常侍制

王公亮可商州刺史制

韋覬可給事中庾敬休可兵部郎中知制誥

同制

張徹宋申錫可並監察御史制

勑舊制副丞相缺中執憲得出入御史缺則於內外史中考覈其實封奏其名以補之今御史中丞僧孺奏某官張徹某官宋申錫皆方直强白可中御史章下丞相府丞相亦曰可朕其從之並可監察御史

楊子留後殷彪授金州刺史兼侍御史河陰令韋同憲授南鄭令韋弁授絳州長史三人同制

勑某官殷彪等今之郡守古侯伯也今之邑令古子男也於吏有君臣之道焉於人有父母之道焉郡邑之間承上率下者州長史也凡此之官與吾共理使吾人安而無怨者其在吏良而政平乎金奏之郡也奏告專達得行異政以彪清平信惠臨事能守小大之職率著名績故仍憲簡俾往牧之南鄭梁之邑也上有

賢帥無憂掣肘以同寅憲河陰有政可以移用故換銅印俾往宰之而絳爲名藩并實良士命之贊貳亦叶其宜宜各悉心修舉三職可依前件

馮宿除兵部郎中知制誥制

勑吾聞武德暨開元中有顏師古陳叔達蘇頲稱大手筆掌書王命故一朝言語煥成文章朕承祖宗思濟其美凡選一才補一職皆不敢輕易其庶幾前事乎刑部郎中馮宿爲文甚正立意甚明筆力雄健不浮不鄙況立身守事端方精敏而我誥命忽思潤色之聽諸人言曰宿也可宿立朝歷御史博士郡守尚書郎在仕進途不爲不遇然不登茲選未足其心故吾于今歸汝職業仍遷秩爲五兵郎中勉繼顏陳無辱吾舉可尚書兵部郎中知制誥

鄭覃可給事中制

敕給事中之職凡制敕有不便於時者得封奏之刑獄有未合於理者得駮正之天下寃滯無告者得與御史糾理之有司選補不當者得與侍中裁退之率是而行号爲稱職固不專於掌侍奉贊詔令而已中大夫行諫議大夫雲騎尉滎陽縣開國男食邑三百戶鄭覃清節直行正色寡言先臣之風藹然猶在自居首諫益勵謇諤擢領是職必有可觀亦欲天下聞之知吾奬骨鯁之臣來諫諍之道也可給事中散官勳如故

韋審規可西川節度副使御史中丞李虞仲崔戎

姚向温會等並西川判官皆賜緋各撿校省官

兼御史制

敕西川曰益部地有險府有兵礙戎屏華号爲難理故吾命文昌爲帥長俾鎮撫焉次命審規爲上介俾左右焉又命虞仲戎向會等爲庶寮俾咨度焉進言者謂文昌賢而審規輩才以才

佐賢蜀必理矣輟三署吏賛丞相府假憲官職加臺郎暨一命再命之服以遣之其於張大光榮與四方征鎮之賓寮不侔矣爾等苟佐吾丞相以善政聞使吾無一方之憂吾寧久遺汝於諸侯乎爾其勉之可依前件

魏博軍將呂晃等從弘正到鎮州各加御史大夫賓客等制

勑去年冬命侍中弘正建大將軍旗鼓移鎮於成德軍而晃已下四十有一人實從魏來或驅或殿被堅執鋭可謂有勞宜以宮坊之寮憲府之職隨其名秩序而寵之可依前件

張平叔可戶部侍郎判度支制

勑故事君使臣其道不一或先勞而後受賞或先加寵而後責功蓋宜便有後先時事有緩急故耳朝議大夫守鴻臚卿兼御史大夫判度支上柱國賜紫金魚袋張平叔國之材臣也計能折秋

毫吏畏如夏日司會逾月綱條甚張況師旅未息調食方急倚成取濟非爾而誰故自大鴻臚攙居人部造膝而授不時而遷其要無他是欲急吾事而望倚爾功也公卿以降羣有司盈庭然問曰與吾坐而決事丞相已下不過四五而主計之臣在焉非智能則事不可成非諒直則吾難近噫職局之外得不思稱官望而厭我心乎可守尚書戶部侍郎判度支散官勳賜如故時長慶二年三月制

李虞仲可兵部員外郎崔戎可戶部員外郎制

勑劒南西川節度判官朝散大夫檢校尚書戶部郎中兼侍御史上柱國賜紫金魚袋李虞仲西川觀察判官朝議郎檢校刑部員外郎兼侍御史雲騎尉賜緋魚袋崔戎等去年春朕憂西南事授丞相文昌鉞鎮撫之次選郎吏有才實如虞仲輩者往賛理之故其制云苟佐吾丞相以善政聞寧久遺汝於諸侯乎

令蜀政成矣蜀人乂矣是汝董職修事舉而奉吾詔書甚謹也前言在耳安可弭忘並命爲郎主吾信賞虞仲可行尚書兵部員外郎戎可尚書戶部員外郎散官勳如故

牛僧孺可戶部侍郎制

勑戶部侍郎周之地官小司徒也掌天下田戶之圖生齒之籍賦役貨幣之政令以待國用而贊歲成元和以還日益寵重若其職者多登大任中茲選者莫匪正人誰其稱之我有邦彥朝議郎守御史中丞上柱國賜紫金魚袋牛僧孺自舉賢良踐臺閣秉潤色筆提糾繆綱而書命無繁詞決事無留獄受寵有憂色納忠多苦言朕心知之何用不可夫以人會之重如彼僧孺之賢若此俾居是職不亦宜乎可守尚書戶部侍郎散官勳如故

庾承宣可尚書右丞制

勑朝議大夫守尚書刑部侍郎驍騎尉庾承宣昔我太宗文皇

帝嘗謂尚書丞百職綱維事一失中則天下有受其獘者因命
戴胄魏徵及杜正倫劉洎輩繼領是職分居左右官修事理人
到于今稱之故吾前命崔從持左綱今命承宣操右轄衆口籍籍
頗爲得人況承宣端諒勤敏周知典故必能爲我紐有條之綱柅妄
動之輪坐曹得出入郎官立朝得奏彈御史會政決要扶樹理本
無俾戴魏劉杜專美於貞觀中可守尚書右丞散官勳如故

張聿可衢州刺史制

勑中散大夫行尚書工部員外郎上柱國吳縣開國男食邑三百戶
張聿内外庶官同歸共理牧守之任最親吾人蓋弛張舉措由
其心賞罰威福懸其手若一日失其職一郡非其人而未達於朝
聽之間爲害已甚矣選授之際得不慎也以爾聿前領建谿有理
行次臨泖郡著能名用爾所長副吾所急宜輟郎署往頒詔條來
暮之聲佇入吾耳可使持節衢州刺史散官勳如故

辛丘度可工部員外郎李石可左補闕李仍叔可右
補闕三人同制

勑朝散大夫右補闕内供奉飛騎尉辛丘度等朕詔丞相求方畧忠讜之士置于左右而播等以石既暨仍叔應詔言其爲人厚實謇直亶以文行謀畫容於幕府之間臨事敢言當官能守可使束帶同升諸朝又言丘度介潔靜專不交勢利宜加推奬以勸其徒況久次者轉遷後來者登進皆適所用平章可之可依前件

魏博軍將薛之縱等十四人各授官爵制

勑薛之縱等去年冬授愬鉞俾自徐鎮潞而愬越與其麾下同德食不求飽席不暇煖節鎮殿定一如所委此誠愬之忠畧然所賴之縱等焦心勠力同濟厥功而頒賞已逾時秩宜加等我有爵禄分而命之知吾不遺細大之功可依前件

裴度李夷簡王播鄭絪楊於陵等各賜爵并迴授爵制

勑禮云臣下竭力盡忠以立功於國者必報之以爵祿此言上之不虛取於下也而司空度等咸以忠力作股肱心膂之臣大節大勞書在甲令然則功如是忠如是高爵重秩予何愛焉故能統御之初先行信賞詔主爵者合爲奏書或加寵進封或延恩任子次第品咸桉舊章行乎敬之無忝予一人之嘉命可依前件

鄭餘慶楊同懸等十人亡母追贈郡國夫人制

勑鄭餘慶亡母某氏等夫德不旌則勸善之典缺矣親不顯則揚名之道廢矣凡今公卿大夫至于元士濟濟然抱忠履信立吾朝者皆聖善之敎燕翼之方所致也自家刑國有所從來不大封崇是忘報施朕去年仲月統御之初發號推恩先降是命豈直光前慰後而已哉亦欲使天下爲母者聞庶幾乎善統其家慈訓其子厚人倫而美教化也可不務乎

李寘授咸陽令制

勑某官李寘具近者西夷犯塞詔諸將出師司計臣俊言寘具有應辯才可司饋餉故自京府椽假臺郎憲職以命之屬寇遁師旋未展其用況在公族推有器幹今授銅印俾宰咸陽夫庶官之任爲急西郊咫尺佇尔能聲可京兆府咸陽縣令

劉縱授秘書郎制

勑某官劉縱徒步詣闕上獻封章又自敘其先臣陳許間事皆歷歷可聽公侯子弟多溺於驕邪爾能讀書學文自可嘉獎圖籍之府命爾爲郎豈唯振滯求能且不欲使勳勞之後棲棲於塵土中可秘書省秘書郎

程羣授坊州司馬制

勑程羣嘗從事於鎮冀之間病免所職垂老之歲棄爲窮人倀倀無歸有足傷者夫一夫不獲若納諸隍此聖王用心推己及物今宜與羣祿食使飽暖其身亦猶晉君不能忘情於絳老也往佐中部尔

其念哉可坊州司馬

海州刺史王元輔加中丞制

勑海州刺史王元輔漢制二千石有政績者就中加命秩不即改移葢欲使吏久於官而人安於化也今元輔爲郡頗有理名廉使上聞奏課居最宜加中憲旌而寵焉庶使與吾共理者聞而知勸可兼御史中丞

楊潛可洋州刺史李蘩可遂州刺史史備可濠州刺史制

勑朝散大夫守尚書金部郎中上柱國楊潛温厚靜專有端士之操朝議大夫前使持節吉州諸軍事吉州刺史上柱國李蘩精强博敏有才子之稱將仕郎前使持節光州諸軍事守光州刺史雲騎尉史備變通健決有良吏之用而能本於文學輔以政事爲郎見其行爲郡聞其聲夫洋更梁之險遂居蜀之腴濠控

淮之要三者皆名郡而委之三吏得不思勤儉敎導勞來安緝膏
雨吾土穠袴吾人者乎潛可使持節洋州諸軍事守洋州刺史
散官勳如故繁可使持節都督遂州諸軍事守遂州刺史備可
使持節濠州諸軍事守濠州刺史充團練渦口西城等使官勳如故

張洪相里友畧並山南東道判官同制

勑朝議郎守太常博士上柱國張洪前瀛漠等州都團練判官朝
議郎侍御史內供奉上柱國賜緋魚袋相里友畧等元翼以大節
大忠綽聞朝野授鉞開府殿我漢南而又求賢乞能以自叅貳則
其賔寀宜有以稱之故求吾俊造之英勳列之冑達朝儀而練戎
事者與焉今以洪之知國禮奉家聲以友畧之富藝文飽軍旅
兩中是選合而命之優秩寵章無所愛惜時無今古代有忠賢苟
致吾元翼於羊杜間別有陟明之典在洪可檢校尚書職方員外
郎兼侍御史充山南東道節度判官仍賜緋魚袋散官勳如故友

略可檢校尚書屯田員外郎兼侍御史充山南東道觀察判官
散官勳如故

姚成節右神策將軍知軍事制

勑朝議郎前使持節成州諸軍事守成州刺史充本州守捉使賜紫金魚袋姚成節甞爲天平軍裨將當劉悟之立忠勳也謀成事集爾有助焉雖授一城未足酬奬況聞信厚勤恪宜於爪牙肘腋間居之昔漢文帝以宋昌忠勞擢拜將軍掌離衛今吾用汝猶前志也環拱之職得不勉歟可致果校尉守右神策將軍知軍事賜如故

高釴等二十人亡母鄭氏等贈太君制

勑起居郎高釴亡母滎陽郡太君鄭氏等予有侍臣咸士之秀者或左右以書吾言動前後以補吾闕遺森然在庭各舉其職爰思乃教知所從來豈非善誨於親行成於内從鄰斷織訓使然耶

不追封邑之榮曷顯統家之慶可依前件

柳公綽可吏部侍郎制

勑京兆尹兼御史大夫柳公綽長史數易為害甚多邇來都畿未免斯弊或苛急而人重困或軟弱而姦不息得其中者其公綽乎細大必躬親剛柔不吐茹甚稱厥職惜而不遷然智者常憂忠者常勞亦非吾以平施御臣下之道也尚書六職天官首之辯論官材澄汰流品比諸內史選妙秩清詢衆用能無易公綽爾宜飭躬承命以裴王崔毛為心苟副吾言用稱乃職而今而後亦何往而不適哉可尚書吏部侍郎

孔戣可右散騎常侍制

勑昔齊(淵聖御名)公心體懈怠則隰朋侍漢武帝親重儒術則劉向從今之常侍是其選矣稱其任者唯正人乎吏部侍郎孔戣言行謹直風操端莊肅然禮容清廟之器始自筮仕迄于天官虛舟為心利

刃在手全才具美時論多之可使珥貂立吾左右從容侍從以備顧問隱朋劉向豈遠乎哉可右散騎常侍

王公亮可商州刺史制

勑尚書司門郎中王公亮茂於學精於文文學之外有材毫剸鐘之用自佐戎律領郡符持憲為郎皆稱厥職吾前命劉遵古張平叔為商州刺史繼有善政人用乂安今爾代之守而勿失況商土瘠商人貧可以靜理而阜安不宜改張而趍數以爾精敏當自得中可商州刺史

韋覬可給事中庾敬休可兵部郎中知制誥同制

勑職之要莫先乎駁正文之選莫難於司言將使朝綱有條朕命惟允在二者得人而已中大夫使持節蘇州諸軍事守蘇州刺史上騎都尉韋覬精微專直通乎事典可使乎奏議而坐左曹朝散大夫尚書禮部郎中上柱國庾敬休溫裕端明飾以辭藻可 使

書誥命而專右席而輪轅鑿枘各適所宜夫惟刺史守列城郎官應列宿選任倚注非不榮重然吾左右前後方求正人如覬敬休不宜疎遠亦猶有聲之玉無纇之珠不置於佩服掌握之間皆非其所也宜自敬謹無忝吾言覬可行給事中散官勳如故敬休可尚書兵部郎中知制誥散官勳如故

白氏文集卷第四十八

白氏文集卷第四十九

中書制誥二 舊體 凡三十道

李愬贈太尉制

田布贈右僕射制

韋貫之可工部尚書制

太子詹事劉元鼎可大理卿兼御史大夫充西蕃
盟會使守右司郎中劉師老可守本官充盟
會副使通事舍人太僕丞李武可守本官兼
監察御史充盟會判官三人同制

許季同可秘書監制

張元夫可禮部員外郎制

楊嗣復可庫部郎中知制誥制

張平叔可京兆少尹知府事制

康日華贈坊州刺史制

張籍可水部員外郎制

何士乂可河南縣令制

崔植一子官迴授姪某制

王起賜勳制

蕭俛除吏部尚書制

温堯卿等授官賜緋充滄景江陵判官制

神策軍及諸道將仕某等一千九百人各賜上柱國勳制

李彤授檢校工部郎中充鄭滑節度副使王源中授檢校刑部員外郎充觀察判官各兼侍御史賜緋紫制

柳公綽父子温贈尚書右僕射竇倖父叔向贈工部尚書薛伯高父懌贈尚書司封郎中元宗簡父鋸贈尚書刑部侍郎皇甫鏞父愉贈尚書右僕射韋文恪父漸贈太子少保王正雅父翃贈太子太師范季睦父彦贈禮部郎中八人亡父同制

李宗何可渭南令李玘可京兆府戶曹制
兵部郎中知制誥馮宿侍御史裴注義武軍行軍
司馬御史中丞蕭籍饒州刺史齊照鄧州刺
史渾鐬並可朝散大夫同制
太常博士王申伯可侍御史鹽鐵推官監察御史
裏行高譜河東節度參謀兼監察御史
崔植並可監察御史同制
温造可起居舍人充鎮州四面宣慰使制
高芳穎等四人各刺史制
崔咸可洛陽縣令制
周愿可衡州刺史尉遲銳可漢州刺史薛鰐可
河中少尹三人同制
楊景復可檢校膳部員外郎鄂州觀察判官

李綏可監察御史天平軍判官盧載可協
律郎天平軍巡官獨孤經可監察御史壽州團
練副使馬植可試校書郎涇原掌書記程昔
範可試正字涇原判官六人同制

前廬州刺史房祐可鄭州刺史制

李德修除膳部員外郎制

張正甫可同州刺史制

崔琯可職方郎中侍御史知雜制

李愬贈太尉制

勑故特進行太子少保上柱國涼國公食邑三千戸食實封伍伯戸
李愬在建中歲泚賊叛換惟太師晟實仗大順翦而殲之在元
和朝蔡寇充斥惟爾愬實奮奇策虜而戮之父子之功書于
甲令俱爲第一焯煇當時矧爾一登將壇六換鈇鉞坐論巖廊

之道卧理保傅之事方深倚望奄忽淪謝是用當食累歎視朝三輟豈不以爪牙之威歟於外股肱之痛彰於中者乎而弔奠之命賵賻之數雖加常等未表殊恩宜以太尉之秩贈上公之衮斂俾尔被哀榮服忠孝從先太師於九原也不其盛歟嗚呼美終必復禮無不荅昔尔之勤勞如彼今吾之寵飾如此君臣報施可謂兩臻其極焉尔靈有知歆我追命可贈太尉仍令所司備禮冊命賜絹二千疋布七百端米粟一千石委度支送

田布贈右僕射制

勑朕聞古之臣子有忍死効節爲忠者有不傷髮膚全歸爲孝者有不顧性命引決爲忠者但問所操所蹈何如耳豈繫于就生死之間耶噫今有重義如泰山輕生如鴻毛死而不朽者安得不褒揚寵飾使天下聞之所以勸孝心激忠膓然後薄者敦懦者立幸生者恥格也故魏博等州節度觀察處置等使起復寧遠將

軍守右金吾大將軍員外置同正員檢校工部尚書兼魏州大都督
府長史御史大夫賜紫金魚袋田布其父太尉甚賢此子鎮陽之亂
弘正歿焉而布枕干嘗膽誓報冤恥故吾以大將軍之旗鼓鈇鉞
先臣之土壤士卒盡用委付親加勉諭人鬼之憤期一洩而甚忠焉
旣而激發魏師出疆臨敵事有不得已者布亦未如之何卒至於
刳心自明遺跡自列謝君於天上報父於地下可謂田氏有孝子國家
有烈臣則吾之知臣弘正之知子明矣聳動人聽盡傷我懷故廢
臨朝可以示哀也加禮命所以示榮也哀榮恩禮至則至矣嗚呼
曾未足以顯尒之節不厭吾之心乎可贈尚書右僕射賻布帛三
百段米粟二千石委度支逐便文遣

韋貫之可工部尚書制

勑河南尹韋貫之善馭者齊六轡善理者正六官六官成則百事
舉故吾選賢任舊以次第補之而六卿材吾已得五闕一不可待

踐而成貫之以正行明誠爲先朝輔始以直進終以直退道有消長德無緇磷及帥湘潭尹河洛而廉平清壹之政繼聞于京師名簡吾心善入吾耳宜置朝右以之厚時風況今之尚書漢公卿也言動可否屬人耳目焉固不專率四屬程百工備位於冬官而已可工部尚書

太子詹事劉元鼎可大理卿兼御史大夫充西蕃盟會使右司郎中劉師老可守本官充盟會副使通事舍人太僕丞李武可守本官兼監察御史充盟會判官三人同制

勑太子詹事劉元鼎等夫選可任而任之則用無不適擇可勞而勞之則事無不成蓋君使臣臣事君之大端也屬西夷乞盟求可以莅之者歷選多士吾得三人今以元鼎之博通師老之誠諒武之恭敏合而爲用不亦可乎尓宜臨之以莊示之以信儀形辞氣皆有

可觀必能率服彼戎不獨益敬吾使法卿憲秩寵之以遣可依前件

許季同可秘書監制

勑大理卿許季同國朝已來有劉德威張文瓘唐臨爲大理卿有魏徵虞世南顏師古爲秘書監則設官之重得賢之盛人到于今稱之今季同以明慎欽恤理刑獄以文學博雅長圖籍由廷尉而長秘府論者榮之宜自重其官自遠其道又思与劉張唐魏虞顏爲比不亦自多乎可秘書監

張元夫可禮部員外郎制

勑殿中侍御史張元夫官有秩清而選妙者其儀曹員外郎之謂乎凡殿內御史雖文才秀出功課高等者滿歲而授猶曰美遷有如元夫連膺二選歷彼踐此遷以爲宜況怒飛青冥翔集禁陛由茲去者十八九焉汝知之乎思有以稱可尚書禮部員外郎

楊嗣復可庫部郎中知制誥制

勑權知兵部郎中楊嗣復朕聞前代制誥中書令侍郎舍人通掌之國朝巳來或以他官兼領惟其人是用不限於資秩職署焉予以爲然多繇是選前所命者時稱得人研實覈名次第及汝汝嗣復根於義訓播爲令器文煥發而才秀乃出不當汨沒於郎吏間況貞元中汝父爲中書舍人甚稱厥職今使汝繼書吾命成一家言堂（犯御名）國華在於此舉爾宜兢兢祗勵無隳其名可庫部郎中知制誥

張平叔可京兆少尹知府事制

勑商州刺史張平叔爲人廉直爲政簡惠前後歷掾邑宰郡守而去思來暮之謠繼聞於人聽焉及副鹽鐵官刺商雒部會課報政亦甲於他官自貞元巳來用三科取士奉詳明政術可以理人之詔而得其名有其實者幾何人哉平叔居其一也能效若是何用不臧故事內史缺未補間亞尹得行大京兆事試可而即眞者

往往有之故其選任日益難重爾宜稱所舉慎厥職無墮大以勤小
無急弱以緩强夕念朝行遵吾約束可京兆少尹知府事

康日華贈坊州刺史制

勑漢令軍中士有不幸死者得以棺斂傳送若是而已猶四方歸
心焉矧吾褒贈以榮之惻隱以將之顯其忠撫其後亦所以激生者
節豈獨慰逝者魂乎左神策軍赴行營正將試太常卿康日華
領王師死王事軍書置奏朕甚悼焉可贈坊州刺史

張籍可水部員外郎制

勑登仕郎守國子博士張籍文敎興則儒行顯王澤流則歌詩作
若上以張敎流澤爲意則服儒業詩者宜稍進之頃籍自校
秘文而訓國冑今又覆名揣稱以水曹郎處焉前年已來凡歷
文雅之選三矣然人皆曰以爾爲宜豈非篤於學敏於行而貞退
之道勝也與之寵名者可以奬夫不汲汲於時者可守尚書水

部員外郎散官勳如故

何士文可河南縣令制

勅漢朝郎官出宰百里故今京邑令缺多命尚書郎補焉朝議郎尚書水部員外郎何士文愼撿和易介然有常守而勿失可使從政然能佩弦以自導帶星以自勤則緩急勞逸之閒必使適宜而會理矣以爾舒退故吾進之可守河南縣令散官如故

崔植一子官廻授姪某制

勅丞相植典職樞務亦既逾歲而能明我目達我聰左右我躬以底于道況屬郊祀攝賛大儀寵錫之閒植宜加等而念其猶子乞用推恩旣叶舊章允膺新命其姪某可某官

王起賜勳制

勅中書舍人王起等朕臨馭之始慶賞遂行卿士大夫遍加勳秩自武騎尉以上十有二轉自起已下十有四人咸賜以勳舉書于

籍可依前件

蕭俛除吏部尚書制

勑古者君使臣以禮臣事君以忠季代已還鮮由茲道先皇帝創於是故在位十五載凡解相印者殆二十人多寵爲大僚或付以兵柄矧予小子宜有加焉而輔弼之臣嘗經一日造吾膝沃吾心則恩與之始終厚申恩禮不唯勸感來者且不敢失墜先志也尚書右僕射蕭俛忠肅孝敬佐吾爲理以勤事國以疾退身本末初終不失其道既免樞務俯爲右揆加恩超等復吾前言而俛繼上讓章至于三四敦諭煩切陳乞彌堅是用正命爲選部尚書而冠六卿統百職尚可以表吾寵重亦所以成爾謙光爾宜欽厥止慎厥終無忝我褒揚之命可吏部尚書

温堯卿等授官賜緋充滄景江陵判官制

勑温堯卿等今之俊乂先辟于征鎮次升于朝庭故幕府之選下臺

閤一等，異日入爲大夫公卿者，十八九焉。荆門景域，南北大府，而堯卿等或已參軍要，或方受兵書，各命以官，分試其事，名秩章綬，分而寵之。夫千里之行，始於足下，苟自强不息，亦何遠而不届哉。可依前件。

神策軍及諸道將士某等一千九百人各賜上柱國勳制

勑：古之善爲國者，勞不忘而賞不濫。有賞一人而爲僭者，有千百人而不爲費者，其要在當否而已，不繫於衆寡也。朕自統御已來，忽忽有念，念天下材力之將、勇敢之士，進有征討之苦，退有守捍之勤，藏之中心，何嘗暫忘。而亟因大慶，思洽普恩，某等若干人咸進勳級，並可上柱國。

李彤授檢校工部郎中充鄭滑節度副使王源中授檢校刑部員外郎充觀察判官各兼侍御史賜緋紫制

勑：萬年令李彤、侍御史王源中等：舜以五長綏四國，若今之節制也。

周以十聯率諸侯若今之廉察也國家合爲一柄付有功諸侯故其
陪臣選任益重或輟胡籍授簡書者往往而有況承元有大忠于
國受重任于外使其承上莅下敬始善終實在庶寮叶力以濟今以
彤宰二京邑有理劇之用如水在器撓之不濁以源中立憲府有糾
正之能如刃發硎割之無滯一可以倅戎事一可以佐輶車二職交脩
在此一舉臺郎憲吏金印銀章加乎爾身無忝我命可依前件

柳公綽父子温贈尚書右僕射竇貫伴父叔向贈工部尚
書薛伯高父懌贈尚書司封郎中元宗簡父錫贈尚
書刑部侍郎皇甫鏞父愉贈尚書右僕射韋文恪
父漸贈太子少保王正雅父翃贈太子太師范季睦父
彥贈禮部郎中八人亡父同制

勑古人有云樹欲靜而風不止子欲養而親不待向無顯揚襃贈之
事則何以旌先臣德慰後嗣心乎故朕毎施大恩行大慶而哀榮

之命未嘗闕焉銀青光祿大夫行尚書吏部侍郎上護軍河東
縣開國子柳公綽父温等咸有令子集于中朝資父事君移忠
自孝本於嚴訓酬以寵名賜命追榮各高其等嗚呼存者不匱
往者有知斯可以載揚蘭陔之光輟風樹之歎耳可依前件

李宗何可渭南令李玘可京兆府户曹制

勑李宗何等夫綱一提則羣目舉源一澄則衆流清故朝廷命
官師選寮屬亦得其人矣按内史公綽奏宗何學古修已練達
理道乃乞爲甸縣令玘勵節徇公通詳典故乞爲天府掾況渭陰
封圻之守邑祠曹賦籍之要司位雖未高職亦不細宜乎以三語自
試以一同自効無俾爾長貽失舉之責焉可依前件

兵部郎中知制誥馮宿侍御史裴注義武軍行軍司
馬御史中丞蕭籍饒州刺史齊照鄧州刺史渾鐬
並可朝散大夫同制

勑某官馮宿等凡品秩之制有九自五而上謂之貴階而宿司吾言注持吾憲籍照以降皆著勤由朝議郎一進而及此此之所以爲貴者蔭及子命及妻妾唯腰白金服赤芾從大夫之後而已寵數既重思有以稱之並可朝散大夫

太常博士王申伯可侍御史鹽鐵推官監察御史裏行高諧河東節度叅謀兼監察御史崔植並可監察御史三人同制

勑某官王申伯學優行茂飾以詞藻執禮定議多得其中某官高諧温莊潔白不交勢利某官崔植外和内直通知政典在倫輩内而人皆謂之滯淹唯是三子之才吾得於御史中丞僧孺御史吾耳目官也非清明勁正不泥不撓者安可使辨淑慝振紀律廣吾之聰明焉並命同升無忝是舉可依前件

温造可起居舍人充鎮州四面宣慰使制

勑殿中侍御史温造嘗糾天府不曠官馳輏車不辱命況爲人外和内決以兼濟爲心拔居殿中以備時使會吾憂兩河間事求可諭朝旨慰人心者使焉揆劾酌能汝中吾選故不待滿歲擢爲右史出則銜吾命入則記吾言獎任不輕思有所立可依前件

高芳穎等四人各贈刺史制

勑故某官高芳穎等昔文王葬枯骨之無知也但惻隱之心不忍棄也故天下皆歸仁焉況捐軀之魂死節之骨見危併命朕甚閔之深州故士將高某等四人皆從戰陣連歿王事褒贈之數宜其有加並命追榮以光地下可依前件

崔咸可洛陽縣令制

勑度支員外郎崔咸漢以四科辟士求多略不惑强明決斷者任三輔令故今四京令缺亦擇尚書郎有才理者補之而咸在郎署中推爲利用加以詞學緣飾吏能操割洛陽必有餘刃然宰大邑

如烹小鮮人擾則疲魚擾則餒寬猛吐茹其鑒于茲可洛陽令

周愿可衡州刺史尉遲鋭可漢州刺史薛鯤可河

中少尹三人同制

勑前復州刺史周愿等夫勞者之思休息病者之思救療今之本情也今兵戈甫定物力未豐如聞湘衡巴漢之間人猶疲困宜擇良二千石俾休息而救療之而愿鋭鯤等竝前以符竹分領三郡皆有善政達于朝廷舉課考能無愧是選息勞救病其有望於汝平河中吾之股肱郡也貳尹職而佐府事者亦在得人命鯤處之無荒厥職可依前件

楊景復可檢校膳部員外郎鄆州觀察判官李綏可監察御史天平軍判官盧載可協律郎天平軍巡官獨孤遷可監察御史壽州團練副使馬植可試校書郎涇原掌書記程昔範可試正字涇原

判官六人同制

勑某官楊景復等士子不患無位患已不立苟有所立人必知之惟爾等六人藴才業文咸士之秀者果爲賢侯交辟俾朕得聞其姓名是用各進其秩分授以職若脩飾不已籌謀有聞則鴻漸之資當從此始而景復亶秉訓辭命頗著令稱故因滿歲特假臺郎古者公臣之良入補王職朝獎非遠爾其勉之可依前件

前廬州刺史殷祐可鄭州刺史制

勑某官殷祐夫吏寬信則人不偷吏廉明則人盡力吾觀祐之爲政其近之乎前守廬江能率是道歲會課第甲於他州俾精前功且佇來効宜換符竹移牧鄭人在春秋時鄭爲侯國武公善於其職子産遺愛於人人無古今吏有能否聽吾用汝汝其嗣之可鄭州刺史

李德循除膳部員外郎制

勑尚書左士郎自奏議彌綸外凡邦之牲豆之品醴膳之數實糾理之命文昌長佐春官卿以朝散大夫守秘書丞上柱國李德循籍訓于台庭業官于書府揆才考第得補爲郎司膳魏貞爾宜專掌可尚書膳部員外郎餘如故

張正甫可同州刺史制

勑馮翊吾左輔也分理浩穰率先風化故其選次任内史一等而冠四方岳牧之首焉宜求吏課高位望重者分部共理以夾輔京師尚書右丞賜紫金魚袋張正甫自登臺閣爲人讜直物論時望敬而重之及領藩部爲政寬簡將吏黎庶信而愛之所謂朝廷正臣郡國良吏常有惠政加于是邦迨茲五年去思猶在故輟臺轄再委郡符宜敬服新命增修舊政俾吏畏如夏日人歸如流水慎于終始典于厥官可持節同州諸軍事守同州刺史充本州防禦使散官勳如故

崔琯可職方郎中侍御史知雜制

勑近歲已來副相多缺朝綱國紀專委中憲而侍御史一人得揔臺事以左右之令御史中丞德裕以中散大夫行尚書吏部員外郎上柱國崔琯守文無害莅事惟精在郎署中推有才理奏補是職請觀其能因而可之仍加寵秩操執舉措爾無自輕可行尚書職方郎中兼侍御史知雜散官勳如故

白氏文集卷第四十九

白氏文集卷第五十

中書制誥三 舊體 凡二十八道

冊新迴鶻可汗文

冊迴鶻可汗加號文

韋綬從右丞授禮部尚書薛放從工部侍郎授刑部侍郎丁公著從給事中授工部侍郎三人同制

李諒除泗州刺史兼團練使當道兵馬留後兼侍御史賜紫金魚袋張愉可岳州刺史同制

裴廙授殿中侍御史制

裴通除檢校左散騎常侍兼御史大夫充迴鶻弔祭冊立使制

元稹除中書舍人翰林學士賜紫金魚袋制

孔戣授尚書左丞制

授柳傑等四人官充鄭滑節度推巡制

韓愈等二十九人亡母追贈國郡太夫人制

授駱峻太子司議郎梧州刺史賜緋魚袋兼改名玄休制

劉總弟約等五人並除刺史賜紫男及姪六人授
賛善洗馬衛佐賜緋同制
王元輔可左羽林衞將軍知軍事制
尚書工部侍郎集賢殿學士丁公著可檢校左
騎常侍越州刺史浙東觀察使制
鄭絪可吏部尚書制
重授李晟通事舍人制
徐登授醴泉令制
王仮加朝散大夫授左賛善大夫致仕制
元公度授華陰令制
唐州刺史韋虔授王府長史楊歸厚授唐州刺
史劉旻授雅州刺史制
鄭絪烏重胤馬摠劉悟李佑田布薛平等亡母追

封國郡太夫人制

奉議郎殿中侍御史内供奉飛騎尉賜緋魚袋

盧商可劒南西川雲南安撫判官朝散大夫

行開州開江縣令楊汝士可殿中侍御史内供

奉充劒南西川節度參謀等制

李演贈太子少保制

李諒授壽州刺史薛公幹授泗州刺史制

柳公綽罷鹽鐵守本官兵部侍郎制

崔元儒張惟素鄭覃陸灃韋弘景賜爵制

劉約授棣州刺史制

李肇可中散大夫鄧州刺史王鎰貝州刺史温造

可朝散大夫三人同制

册新迴鶻可汗文

維長慶元年歲次辛丑四月景亞寅朔二十一日景戌皇帝若曰唐有
天下垂三百載列聖垂拱八荒即叙舟車之所及日月之所照威綏
仁董罔不響化惟北之氣積厚而靈靈發象生生為豪傑義
信武列代為名王南西東方亦有君長較雄鬬智莫之與京國朝
已來寵沛清風澤或効功伐或申婚犯御嫌名同和協比以託于今今朕不
德祗嗣大統推義布信以初為常矧乎柔遠申恩睦鄰展禮茲
惟舊典垂自祖宗虔奉恭行安敢失墜咨爾九姓迴鶻君登里羅
羽録沒密施句主録毗伽可汗地生奇特天賜勇智英姿所莅雄略
所加諸戎雜虜勇愛畏柔服風靡山立清寧一方宜人有土受天百祿
時推代嗣實來告予曰予一人實鄰册命是用遣使朝議大夫檢
校左散騎常侍兼少府監御史大夫雲騎尉賜紫金魚袋裴通副
使朝議大夫守少府少監兼御史中丞襲魏國公食邑三千户賜紫
金魚袋賈曊等持節備物册為登里羅羽録沒密施句主録毗伽

可汗於戲善必有鄰德無不荅此崇恩禮則彼竭信誠克保大義永藩中夏昭昭天地實聞斯言

冊迴鶻可汗加號文

維長慶元年歲次辛丑某月朔某日皇帝若曰北方之强代有君長作殿玄朔賔于皇唐粤我祖宗錫乃婚（犯御嫌名）五聖六紀二邦一家此無北伐之師彼無南牧之馬兵匣鋒刃使長子孫叶德保和以至今日咨爾迴鶻君登里羅羽録沒密施句主録毗伽可汗義智忠肅武決勇健天之所授時而後生故東漸海夷西旦山狄惠寧威制鱗帖草偃聲有聞於天下氣無敵於荒外而能事大圖遠納忠貢誠請仍舊姻誓嗣前好朕惟睦鄰是務柔遠爲心既降和親之命遂申飾配之禮禮物大備寵章有加喜動陰山光增昴宿夫以迴鶻雄傑如彼慶榮若此雖自貴曰天驕子未稱其盛雖自尊曰天可汗未稱其美宜賜嘉號以大誇將來今

遣使某官某副使某官某等持節加册爲信義勇智雄重
貴壽天親可汗於戲釐降展親大德也進册加號大名也宜乎恩
大德稱大名懋哉始終欽若唐之休命

韋綬從右丞授禮部尚書薛放從工部侍郎授刑
部侍郎丁公著從給事中授工部侍郎三人同制

勅尚書右丞韋綬等朕在東宮時先皇帝垂慈聖之德念予沖
蒙選端士通儒使講貫今古自禮樂刑政曁君臣父子之道博
我約我日就月將俾予今不至牆面克荷丕訓大揚耿光實綬
放公著之力也故朕嗣位未逾時月或自郡邸或自省署御擢寵
用爲丞郎給事官雖超拜職亦俱舉師道光而心愈謙人爵貴
而心益恭宜更褒升重酬輔導以綬精粹彝博有先儒之風可
作秩宗以放端明愼重行君子之道可居憲部以公著檢勅規
度得有司之體可貳冬官於戲貞百工平五刑典三禮皆重任清

秩予無愛焉蓋欲表二三子道不虛行而明予一人德無不報也綬可禮部尚書故可刑部侍郎公著可工部侍郎餘並如故

李諒除泗州刺史兼團練使當道兵馬留後兼侍御史賜紫金魚袋張愉可岳州刺史同制

勑扼淮壓湘之列城曰泗與岳舟車會焉軍戎屯焉是二郡守則易爲政先是分領者多會有政歲時罷去長吏數易人必重困宜擇良二千石救而養之以諒自澄城長訖尚書郎中間又再爲州牧三宰劇縣皆苦心卹隱煦嫗及物操刃決滯砉騞有聲而愉亦學古入仕甚自修飾河西有政次於諒焉故命愉守岳命諒守泗仍以戎職留事憲簡章綬一加於諒諒其聽之哉異日吾將以重官劇職處爾爾安得不副吾所急用爾所長更宜以難理之郡自試爾各依前件

裴廙授殿中侍御史制

勑某官裴廙貞觀初張行成爲殿中侍御史糾劾巡察時以爲能朕思弘貞觀之風故選御史府官亦先其精敏剛正者以爾廙動循道理語必信直勵其志節有類行成因授厥官無忝吾舉可殿中侍御史

裴通除檢校左散騎常侍兼御史大夫充迴鶻弔祭冊立使制

勑語曰使於四方不辱君命可謂士矣況馳輶軒奉璽書稱天子之使以耀焜絶域者豈容易其選哉少府監裴通温敬忠實加之謹敏有言語可任以專對有辯識可委以便宜屬北方君長來告代嗣求可以將命展禮申吾哀榮之恩者其任不細頗難其人擇臣者君而通可使命爲副丞相而加金貂之貴授册與節臨軒遣之庶乎遠而有光華且欲使絶俗殊鄰益敬吾使也可依前件

元稹除中書舍人翰林學士賜紫金魚袋制

勑仲尼曰志有之言以足志文以足言言之無文行而不遠故吾精求雄文達識之士掌密命立内庭甚難其人爾中吾選尚書祠部郎中知制誥賜緋魚袋元稹去年夏拔自祠曹員外試知制誥而能芟繁詞剗弊句使吾文章言語與三代同風引之而成綸綍垂之而爲典訓凡秉筆者莫敢與汝爭能是用命爾爲中書舍人以司詔令嘗因暇日前席與語語及時政甚開朕心是用命爾爲翰林學士以備訪問仍以章綬寵榮其身一日之中三加新命爾宜率素履思永圖敬終如初足以報我可中書舍人翰林學士賜紫金魚袋

孔戣授尚書左丞制

勑漢詔丞相歲舉質直忠厚遜讓者蓋所以急賢俊扶政教厚風俗也然則退藏踈賤之士茍有一善尚捜而揚之況任久位崇才全望重而不致於急官要職者安可以紀綱庶政而羽儀朝廷

焉正議大夫守右散騎常侍上柱國賜紫金魚袋孔戣自十年來歷中臺左曹國庠卿寺洎藩守近侍之職各於其任皆有可稱矧又貞白端莊淡然自立進無矜滿之色居無惰替之容求之周行不可多得若戣者宜尚扶政教厚風俗之選也尚書承掌使百事樞轄六曹晉魏已還右卑於左惟有立者可以糾吏惟無瑕者可以律人無以易戣往恭乃位可尚書左丞散官勳賜如故

授柳傑等四人官充鄭滑節度推巡制

勑試太子司議郎柳傑等古者公府得自選吏屬今仍古制亦命領征鎮者必先禮聘而後升聞矧鄭滑帥承元輸忠仗順炳焉有大節於國奉上莅下實藉寮寀以左右之而傑等或緣飾詞華或貯畜才行揣摩思誠以待已知宜展籌謀用光慰薦傑可某官充鄭滑節度推官

韓愈等二十九人亡母追贈國郡太夫人制

勑王者有襃贈之典所以旌往而勸來也其有淑順之德標表母儀者聖善之訓照燭子道者又有名高秩尊祿養之不逮者霜降露濡孝思之罔極者非是典也則何以顯其教而慰其心焉國子祭酒韓愈母某氏等蘊德累行積中發外歸于華族生此哲人爲我藎臣率由玆訓敎有所自恩不可忘是用啓郡國之封極哀榮之飾嗚呼歿而無知則已苟有知者則顯揚之孝追寵之榮可以達昊天而貫幽穸矣往者來者監予心焉可依前件

授駱峻太子司議郎梧州刺史賜緋魚袋兼改名玄休制

勑某官駱峻桂林守土臣式方言梧爲要郡兵後人困乞廉貞吏以撫之又言峻守道抱器可以起用朕方思良吏以活元元適副所求即可其奏官寮郡印命服嘉名四者與之足爲優異峻宜副所舉愼所爲無以滋章爲聰明無以鹵莽爲高簡勉率中

道往安梧人可梧州刺史

劉總弟約等五人並除刺史賜紫男及姪六人除

贊善洗馬衛佐賜緋同制

勑某官劉約等惟爾先父太師濟經武秉哲爲國元臣鎮陽之役實殁王事茂勳大節書于旂常惟爾兄司空總象賢纂戎以續名業納忠于王室振耀其家聲而爾約等亦能禀守其風忠恭孝友念其義方訓而不墮居貴介之地而不驕況兼器能皆可任用授郡符而加命服者五昇朝序而佐環衛者六朱轓紫綬煥赫相望勳德之家於斯爲盛嗚呼昔武子有遺愛晉人憐其子趙季有篤行漢朝寵其弟今以濟之仗順積善宜鍾慶於子孫以總之輸忠立愛可延賞於弟姪多與爵禄予無惜焉欲使天下知爾父兄忠順之若彼而國家報施之如此可依前件

王元輔可左羽林衛將軍知軍事制

勑國家設十二衛猶漢之有南北軍而左右羽林尤稱親重自諸衛而移鎮者謂之美遷左神武將軍王元輔生勳伐之家通吏理之事佐戎臨郡率著能名以掌勾陳而護建章備巡警而嚴羽衛大將軍事假而行之宜勵初終副茲寵任可依前件

尚書工部侍郎集賢殿學士丁公著可檢校左散騎常侍越州刺史浙東觀察使制

勑古者通守守土刺史按部從宜務簡今則合之故任日崇而選日重非廉平簡直兼愷悌之德者曾不足中吾選焉某官丁公著嘗以學行禮法誨予一人報德圖勞連加寵擢起曹書殿兼而委之二職增脩三命益勤朕以浙河之左抵于海隅全越奥區延袤千里宜得良帥俾之澄清往分吾憂無出爾右假左貂而帖中憲操郡印而握兵符勉哉是行佇聞報政可依前件

鄭絪可吏部尚書制

勑天官太宰秩序常㑹尊自昔迨今冠諸卿首非位望崇盛者不可以處之而朕即位已來凡命故相領者三矣迨此而四可不重乎東都留守防禦使檢校刑部尚書兼御史大夫滎陽縣開國公鄭絪有邴吉之寛裕子産之恭惠合而爲用藩輔四朝故事遺愛留于官次國之都府半在東周委以保釐人安吏肅重煩耆德入領冢卿昔魏用崔琰毛玠典吏曹一時之士以廉節自勵國朝以宋璟李乂掌選部亦能遏絶訛僞振張紀綱官無古今得人則理吾言及此欲爾繼之可吏部尚書

重授李晟通事舍人制

勑李晟昔管仲云升降揖讓進退閑習臣不如隰朋今之通事舍人近此選也而晟常中此選善於其職故相導通奏之節宣揚拜起之儀引而賛之不聞失禮旣終喪紀宜服官常可使東帶曳裾爲吾謁者可通事舍人

徐登授醴泉令制

勑徐登京兆尹言登前為涇陽令清廉簡直奉法愛人請補醴泉再考其績昔子路理蒲仲尼誨曰愛而恕可以容困温而斷可以抑姦今醴泉人與蒲相類宜用此道往訓養之歲時之間期於報政可醴泉縣令

王汶加朝散大夫授左賛善大夫致仕制

勑王汶善修其身為時良士善訓其子為國憲臣況以時制之年知終請老不加優秩何厚吾風禮大夫七十而致仕故吾以朝散賛善二大夫之爵加乎爾身惟秩與年兩皆得禮以兹退去亦足為榮可依前件

元公度授華陰令制

勑元公度吾欲理化萬方故自近始前削授大宗正卿印綬使牧華人卿能副吾此心選吏責課言公度廉明有守乞宰華陰當道

東西往來先是爲邑者多飾厨傳全奉賓客以沽名譽而不親吾人爾能革之足爲良宰敬長畏法無慢乃官可華陰縣令

唐州刺史韋虒授王府長史楊歸厚授唐州刺史劉旻授雅州刺史制

勅韋虒等善官人者先考其能然授以事使輪轅鑿枘各適其用則羣職庶政得以交修今以虒官久年高勤於爲政俾從優逸入補王宫以歸厚文行器能屢在巴峽勵精爲理績茂課高區區萬州豈盡所用且移大郡稍展奇才以旻早著戎功通詳吏事西南物土罔不周知習俗從宜宜守嚴道分命以職各用所長庶平咸修乃官同底于理可依前件

鄭絪烏重胤馬總劉悟王佖田布薛平等亡母追封國郡太夫人制

勅經曰立身揚名以顯父母孝之終也而絪等學文武之道以飾

厥躬可謂善立身矣居卿相之位以光大其門可謂能揚名矣夫自家所以刑國本立而後道生必待我哀榮之恩方成爾始終之孝是用啓封追号各顯乃親慰後光前孝道備矣可依前件

奉議郎殿中侍御史内供奉飛騎尉賜緋魚袋盧商可劍南西川雲南安撫判官朝散大夫行開州開江縣令楊汝士可殿中侍御史内供奉充劍南西川節度參謀四人同制

勑劍南西川雲南安撫判官奉議郎殿中侍御史内供奉飛騎尉賜緋魚袋盧商等士之束髮立身爲知己用也無遠邇無逸勞但問所務者何從者誰耳今蜀之帥潞之長皆勤於述職妙於揀賢多得其儁材舉告以善道故以參其選焉或從事有勞或即戎奔命輟玄黃之著述振銅墨之滯淹以良士而賛賢侯宜乎多成功而鮮敗事矣勉思所立各服乃官

李演贈太子少保制

勑夫生立勳勤下以忠事上也歿加褒飾上以義荅下也忠義臻其分哀榮極其恩而君臣之道全矣故奉天定難功臣開府儀同三司檢校兵部尚書兼左衛上將軍御史大夫李演忠信以爲幹義勇以爲器與幹合轡成將材故出長諸侯入統七萃拊循警衞朕甚賴之方深倚仗遽此淪謝茲予所以當宁興念廢朝軫懷聞鼙鼓而長太息者也追崇之命宜有加焉可贈太子少保

李諒授壽州刺史薛公幹授泗州刺史制

勑泗州刺史李諒等詩云愷悌君子人之父母朕三復斯言往往興嘆安得循吏俾父母吾人乎五旦前命諒爲泗守未即路會壽守植卒因改諒守壽命公幹守泗諒之理課前詔詳矣公幹自尚書郎連領二郡政平法一甚便於人加以有理戎之材可付留事故輟軍保仍憲秩而兼寵之夫壽與泗皆郡之大者也諒與公幹皆

二千石之良者也以大郡委良吏不亦宜乎噫諒無忘澄城之理公榦無替亳城之政則愷悌之化吾有望於二郡焉諒可壽州刺史公榦可泗州刺史

柳公綽罷鹽鐵守本官兵部侍郎制

勑某官柳某昔先皇帝知爾有材元和已來應用不暇及領擢管漕運之務屬陵寢郊丘之禮財給事集時乃之功宜有轉移以均勞逸況閒牢籠無遺利課督有常規今詔刑部尚書播代之亦令守而勿失朕將興理化先務根本凡百職事悉歸有司惟茲夏官實掌戎政簡稽調補今方其時司馬貳卿佐乎邦國是爾本職無忘增修可守兵部侍郎

崔元備張惟素鄭覃陸澧韋弘景賜爵制

勑崔元備等禮尊重於復土事莫大於慎終使朕以孝敬之誠獲貢于先帝實賴左右侍從之臣服勤祗事展四體而竭一心咸

俾予無悔賞不敢忘爵不敢愛爾宜跡封服命而揚之可依前件

劉約授棣州刺史制

勑前齊州刺史兼御史中丞劉約故太保濟之子太尉總之弟也吾常思濟之功總之忠而嘉約之謹厚累遷至齊州刺史在官無敗事罷秩有去思念舊録能宜當寵用況公侯之後約有通才封域之間棣爲要郡委之共理誰曰不然可使持節棣州諸軍事棣州刺史依前御史中丞散官勲如故

李肇可中散大夫郢州刺史王鎰朗州刺史温造可朝散大夫三人同制

勑朝請大夫使持節澧州諸軍事澧州刺史上柱國賜紫金魚袋李肇等乃者李景儉使酒獲戾而肇等與之會合飲失於檢慎宜有所懲由是左遷分爲郡守今首坐者既復班列緣累者亦當徵還但以長吏數易其獘頗甚況聞三郡皆有政能人方便

安不宜遷換故吾以采章階級並命而就加之蓋漢制進爵秩降
璽書慰勞良二千石之旨也爾當是命得不勉哉

白氏文集卷第五十

白氏文集卷第五十一

中書制誥四 新體 凡五十道 祭文冊文附

贈劉總太尉冊文

傅良弼可鄭州刺史制

河北榷鹽使檢校刑部郎中裴弘泰可權知貝州刺史依前榷鹽使制

崔陵可河南尹制

侯丕可霍丘縣尉制

崔楚臣可兼殿中侍御史制

王庭湊曾祖可贈越州都督祖末怛活可贈左散騎常侍父昇朝可贈禮部尚書制

崔羣可秘書監分司東都制

董昌齡可許州長史制

柳經李褒並泗州判官制

張諷等四人可兼御史中丞侍御史監察御史同制

啖異可滁州長史許志雍可永州司戶崔行儉可隋州司戶並准赦量移制

程執撫亡父懷信贈太保李佑亡父景略贈太子少傅栢耆亡父良器贈太子少保白餘慶亡父孝德贈太保同制

嚴謩可桂管觀察使制

杜式方可贈禮部尚書制

武昭除石州刺史制

梁希逸除蔚州刺史制

盧元勳除隰州刺史制

楊孝直除滑州長史制

張嘉泰延州長史制

魏玄通除深王府司馬制

楊造等亡母追贈縣太君制

張植李翱等二十人亡母追贈郡縣夫人制

陳中師除太常少卿制

衢州刺史鄭羣可庫部郎中齊州刺史張士

階可祠部郎中同制

元稹可太子左諭德依前入蕃使制

盧昂量移虢州司戶長孫鎣量移遂州司戶同制

李石楊穀張晧衛等並授官充涇原判官同制

李演除左衛上將軍制

康昇讓可試太子司議郎知欽州事兼充本州鎮遏使陳儋可試太子舍人知巒州事兼充本州鎮遏使李顥可試太子通事舍人知賓州事兼賓澄巒橫貴等五州都遊奕使馮緒可試太子通事舍人知田州事充右江都知兵馬使滕朂晉可試右衛率府長史知瀼州事兼充左江都知兵馬使五人同制

西川大將賀若岑等一十二人授御史中丞殿中監察及諸州司馬同制

前右羽林將軍李彥佐服闋重除本官兼御史中丞知軍事制

奉天縣令崔鄯可倉部員外郎判度支案制

翰林待詔李景亮授左司禦率府長史依前待詔制

故監州防秋兵馬使康太崇贈鄧州刺史制

劉總外祖故瀛州刺史盧龍軍兵馬使張懿贈工部尚書制

劉總外祖母李氏贈趙國夫人制

蕭俛一子迴授三從弟伸制

賈瞵入迴鶻副使授兼御史中丞賜紫金魚袋制

張屺授廬州刺史兼御史中丞制

韓公武授左驍衛上將軍制

姚元康等授官充推官掌書記制

楊玄諒等三十人加官制

李益王起杜元潁等賜爵制

王計除萊州刺史吳暐除蓬州刺史制

義武軍奏事官虞候衛紹則可撿校秘書監職如故制

深州奏事官衛推試原王友韓季重可兼監察御史充職制

袁幹可封州刺史兼侍御史制

華州及陝府將士吉少華二千三百三十五人各賜勳五轉制

祭迴鶻可汗文

贈劉總太尉冊文

維長慶元年四月某日皇帝若曰朕聞古有履忠仗順生而大有

爲者又有功成身退歿而永不朽者非正氣令德間生挺出則高名大節孰能兼之哉故天平軍節度使檢校司徒兼侍中楚國公劉總降自天和立爲人傑得君於先帝叶運於昌時篡戎弓裘守土燕薊迨此一紀北方晏然有開必先納款于我況斷大事奮揚奇謀捧幽都四封之圖挈盧龍三軍之籍盡獻闕下高謝人間感動君臣驚激忠義顧妻子若脫屣視富貴如浮雲惟道是從奉身以退仲連事成而蹈滄海子房名遂而追赤松賢明所歸今古一致朕方改授兵柄移鎮鄆郊命作司徒倚爲左相期奮乃志將沃朕心而天不憖遺邦失柱石夫臣戴君如元首則君視臣如股肱股肱或虧何痛如是茲朕所以廢朝軫念備禮加恩庸建爾于上公蓋褒贈之崇重者也嗚呼爾總尚知之乎今遣使某官某副使某官某特節冊贈爾爲太尉

傅良弼可鄭州刺史制

勑金紫光祿大夫使持節沂州諸軍事行沂州刺史兼御史中丞騎都尉傅良弼燕冀之閒紛擾之際多壘失守孤城保全介于險中率乃麾下轉戰郊野來覲闕庭徇義滅親忘家喪子忠勤勇烈人所難能若不褒升何勸來者海沂剖竹未足報功溱洧領條可兼觀政欽承後命無替前勞可使持節鄭州諸軍事行鄭州刺史兼御史大夫散官勳如故

河北榷鹽使檢校刑部郎中裴弘泰可權知貝州刺史依前榷鹽使制

勑某官裴弘泰以幹蠱之才領鹽鹵之務管榷條制動皆得宜觀其所能若有餘地可假兼職俾之牧人而河北列城久乏良吏俗多思理政不難施亦猶凍餒之人易爲衣食今予命爾煦而飫之襦袴之謡佇入吾耳可兼知貝州刺史

崔陵可河南尹制

勅河洛千里都畿在焉俾之乂安屬在尹正鳳翔隴州節度觀察處置等使正議大夫撿校禮部尚書兼鳳翔尹御史大夫上柱國開國男食邑三百戶賜紫金魚袋崔陵有精敏之用絜直之操施于有政由是知名始資州縣之勞卒致公卿之位況刺部有理行主計無愆違尹右輔而鎮西郊甚獎能報勤之旨也昔吳公爲河南守謹身廉平人服教化來安爲河南尹政令清畫號爲嚴明誰其嗣之無易陵者往爲表則勿替能名可撿校禮部尚書兼河南尹散官勳封賜如故

侯丕可霍丘縣尉制

勅賜太常寺奉禮郎翰林待詔上護軍侯丕夫執藝以事上奉詔而處中其於出入謹身夙夜祗命比他局署寳倍恭勤既寵之以職名又優之以祿俸蓋先勞後食之義也汝其承之可守壽州霍丘縣尉依前翰林待詔勳如故

崔楚臣可兼殿中侍御史制

勑成德軍節度押衙銀青光祿大夫檢校太子賓客兼監察御史崔楚臣材膺爪士職在牙旗每祗命以奉辭必竭誠而得禮旣嘉詳敏亦念恭勤式示寵名宜遷憲秩可殿中侍御史餘如故

王庭湊曾祖可贈越州都督祖末恒活可贈左散騎常侍父昇朝可贈禮部尚書制

勑成德節度鎮冀深趙等州觀察處置等使金紫光祿大夫檢校工部尚書兼鎮州大督府長史大夫上柱國太原縣開國男食邑三百戶王庭湊曾祖故忠武將守左武衛大將軍員外置同正員兼試太常卿五哥之等鬼神有知履孝敬者福祿至王侯無種仗忠信者富貴來我有列臣本於良胄奮發而勵節許國感激而揚名顯親夫教必有初德無不報安有收其材而遺其本愛其後而忘其先乎是用褒崇以弘寵澤庶使聞者起孝作忠可依前件

崔羣可秘書監分司東都制

勅前武寧軍節度徐泗濠等觀察處置等使正議大夫檢校兵部尚書使持節徐州諸軍事兼徐州刺史御史大夫上柱國賜紫金魚袋崔羣天受至寶爲國重器始自修己移於事君輔弼藩宣不失其道及離征鎮召赴闕庭方登道途遂(犯御嫌名)疾恙正在頤養之際豈任朝謁之勞誠宜許以便安不可闕其祿食而移秩外史分曹東周加寵優賢無易於此且有後命俟其有瘳可守秘書監分司東都散官勳賜如故

董昌齡可許州長史制

勅將仕郎權知泗州長史兼殿中侍御史賜緋魚袋董昌齡頃爲宰邑今賛郡符皆聞約己之名每展在公之節稽其器局允謂廉能議以稍遷用彰勤効可許州長史兼侍御史散官勳賜如故

柳經李褒並泗州判官制

勅徵事郎前河南府河南縣尉柳經儒林郎試太子通事舍人
李褒等瀕淮列城泗州為要控轉輸之路屯式遏之師故府有寮軍
有倅選擇補署得聞於朝庭而經等皆有所長宜當是選守臣
置奏因而可之仍加秩命用示優寵經可監察御史充泗州團練
副使散官如故褒可試太常寺協律郎充武寧軍節度泗州兵
馬留後判官仍改名言散官勳如故

張諷等四人可兼御史中丞侍御史監察御史同制

勅義成軍節度馬步都知兵馬使光祿大夫檢校太子詹事兼
侍御史上柱國張諷等御史府自中執憲曁察視之官皆顯秩
也唯懷材而展効者可以授焉爾等昨領偏師出疆赴難指蹤
而去摩壘而還忠勇勤勞宜有加獎故以憲職第而寵之可
依前件

啖異可滁州長史許志雍可永州司户崔行儉可

隋州司户並准赦量移制

勅守秦州司馬員外置同正員啖異等有司奉新制明舊章凡負疵瑕必霑慶澤況爾等各有才用多淹歲時譴累重輕遞從恩貸班資遠邇率以例遷如聞進修豈忘牽復可依前件

程執撫亡父懷信贈太保李佑亡父景略贈太子少傅栢耆亡父良器贈太子少保白餘慶亡父孝德贈

太保同制

勅中散大夫撿校右散騎常侍兼右神武軍大將軍知軍事御史大夫上柱國河東縣開國男食邑三百户賜紫金魚袋程執撫父贈太子太保懷信等咸有忠勳播爲先德悉承義訓垂在後昆故吾令臣皆乃愛子襲弓裘而稟詩禮猶水木之有本源將使天下之爲人子者感恩天下之爲人父者知勸宜加寵贈以表顯揚可依前件

嚴譔可桂管觀察使制

勑漢置部刺史掌奉詔條糾吏理蓋今觀察使職耳桂林秦郡也東控海嶺右扼蠻荒自隋迄今不改戎府地遠則權重俗殊則理難馴而化之非才不可朝議大夫前守秘書監驍騎尉賜紫金魚袋嚴譔嘗守商洛刺黔巫州部縣道謐然安理是能用寬猛相濟之政撫夷夏雜居之人故也跡其往効式是南邦況爾操行端和文學精茂賔寺書府善於其官勉副前言佇申後命可使持節都督桂州諸軍事守桂州刺史兼御史中丞桂州本管都防禦觀察處置等使散官勲如故

杜式方可贈禮部尚書制

勑生有寵祿歿有襃崇此王者所以明終始之恩厚君臣之道也故桂州本管都防禦觀察等使正議大夫使持節都督桂州諸軍事守桂州刺史兼御史中丞上柱國南陽縣開國男賜紫金

魚袋杜式方慶襲台庭任當垣翰服名教乃保家之子樹風聲爲守土之臣盡禮事君勞心奉職奄忽淪逝念之惻然況近屬連姻遠藩捐館聞訃之命實悼中心贈飾之恩宜加常等俾趨榮於八座用賁寵於九原可贈禮部尚書仍賻布帛二百段米粟二百碩委度支逐便支遣

武昭除石州刺史制

勑某官武昭王師伐蔡爾在行間致命奮身挑戰當寇忠憤所感卒獲生全求之軍中不可多得司馬以爾信且謹厚可領邊城爾宜酬乃己知副我朝獎撫獯戎雜居之俗安離石重困之人勉而莅之其任不細可石州刺史

梁希逸除蔚州刺史制

勑某官梁希逸頃爲蔡將陷在賊庭知有君臣不顧妻子率其所屬當戰陣前反旆倒戈翩然歸我忘家之士希逸有之間

從司空冉平淮右指蹤銜命皆稱所使可以移用俾之守疆圵邊列城蔚爲衝要雄右軍號務兼錢刀疇勤選能俾乃兼領宜思來効以續前勞可蔚州刺史兼横野軍使并知本州鑄錢事

盧元勳除隰州刺史制

勑盧元勳乃者鎮帥身喪帥承元納款之際栢耆將命之初軍情洶然未知嚮化而元勳挺身奮臂出於衆中指明安危分别逆順顏色不撓聲氣甚厲言行事立朕甚多之雖有優升未酬義烈宜以一郡寵而旌之用勸四方聞其風者可隰州刺史

楊孝直除滑州長史制

勑楊孝直早以材力從戎異方專習武經通知吏事承元移鎮孝直實來詢謀驅馳有所裨助軍郡之佐寵秩非輕用答忠勞以明勸奬可滑州長史

張嘉泰延州長史制

勑前丹州司馬張嘉泰一從戎旅多歷歲時奉職有勞率身無過軍部長佐資秩不卑自丹轉延頗爲優穩題輿便道往守乃官可延州長史

魏玄通除深王府司馬制

勑魏玄通有禦侮之才扞城之略服勤戎職善守邊州訓旅牧人有可稱者夫文武迭用出入序遷所以關才能而均勞逸也爾宜解綬郡邸曳裾王門飾躬愼儀以奉朝謁可依前件

楊造等亡母追贈太君制

勑通事舍人楊造翰林待詔某亡母等生播徽華歿留儀範訓保家之子爲有國之臣或相禮形庭或待詔金馬咸居禁近率有忠勤風樹之心必憂深而思遠蓼蕭之澤宜自葉而流根並啓邑封各從子貴揚名之孝與汝成之可依前件

張植李翱等二十人亡母追贈郡縣夫人制

勑壽州刺史張植亡母某氏等夫忠於上者教有所自仁於下者恩有所延孝理之風實繇此作當今長二千石皆與朕共理雖禄不逮養而名可顯親將慰匪莪之心宜疏自葉之澤俾從子貴咸贈邑封

陳中師除太常少卿制

勑尚書吏部郎中兼侍御史陳中師早以體物之文待問之學中鄉里選第甲乙科及筮仕立身皆有本末不背俗以矯逸不趨時以沽名從容中道自致問望累踐郎署再叅憲司官無卑崇事無簡劇如玉在佩動必有聲爲時所稱何用不可朕以立國之本禮樂爲先今之太常兼掌其事貳茲職者不亦重乎歷代迄今謂之清選往復是命佇觀有成子方急才爾寧久次可太常少卿

衢州刺史鄭羣可庫部郎中齊州刺史張士階可

祠部郎中同制

勑某官鄭羣等今之正郎班望頗重中外要職多繇是遷故其所選不得不慎必循名實而後命之羣與士階久典名郡謹身化下有循吏之風會課陟明宜當是選國之大事在祀與戎一掌祠曹一司武庫各須其要爾宜敬之羣可庫部郎中士階可祠部郎中

元稹可太子左諭德依前入蕃使制

勑通事舍人元稹東宮之有諭德猶上臺之有騎省也清班優秩所選非輕朕前遣使臣往修戎好以稹言信行敬命爲介焉揚旌出疆反駕奔命有所啓奏多叶便宜乃知得人可以卒事故加是命以寵勸之可太子左諭德依前入蕃使

盧昂量移虢州司戶長孫鉉量移遂州司戶同制

勑萬州司戶參軍盧昂等頃負疵瑕各從譴謫或遠竄荒裔或未復班資既逢蕩滌之恩俾及轉遷之命況聞修省以克已固

將校試而用能吾已無棄人汝宜自効可依前件

李石楊穀張郃衡等並授官充涇原判官同制

勑李石等用武之地曰涇與原合爲一鎮控扼夷虜朕授布鉞責其成功布乃祗惕受命思有以自輔者因上言石穀郃衡等學業才畫堪置帷幄中分務列官咸可其請而布憂邊甚切選士必精爾宜各竭所能爲知己用可依前件

李演除左衛上將軍制

勑王者法勾陳設環列非勳勤之將信近之臣則何以久張爪牙轉置肘腋者也某官李演嘗從德宗皇帝南蒐于梁籍名功臣謂之定難洎出分戎律入拱宸居內外周旋不懈于位交戟之下周廬肅然今之轉遷示益親信移領左廣仍參夏卿夫以屯之儆言巡七萃之勤懽爾爲其正盡得倚察之宜惜前勞無隳尔乃力可依前件

康日升讓可試太子司議郎知欽州事兼充本州鎮遏

使陳倓可試太子舍人知巒州事兼充本州鎮遏使李
顒可試太子通事舍人知賓州事兼賓澄巒橫貴等
五州都遊奕使馮緒可試太子通事舍人知田州事充右
江都知兵馬使滕務晉可試右衛率府長史知瀼州事
兼充左江都知兵馬使五人同制

勑容州本貫經略招討左押衙兼右廂兵馬使康昇讓等有奉職徇公之勤有理戎殄寇之効其帥公素上章以聞吾方念勞爾宜受賞況容之諸郡有大小郡之兼職有重輕量能第功分命而往噫方藩雖遠朝聽甚早有善必聞無功不録吾言及此欲爾知之可依前件

西川大將賀若岑等一十二人授御史中丞殿中監察
及諸州司馬同制

勑丞相鎮蜀志在憂邊俾靜蕃蠻實資將校故加寵任以責成

功某官某等若干人類例勳勞進登班秩寔憲官名重郡佐祿優
忝以命之足爲榮獎爾宜恭承主帥慎守封疆勠力一心無落戎
事可依前件

前右羽林將軍李彥佐服闋重除本官兼御史
中丞知軍事制

勑軍有羽林用法星象統之爪士以拱宸居某官某前以忠勞選
登戎衛而能訓勇力之士以備時使申誰何之令以奉徼巡夙夜祗
嚴不懈于位既終喪紀宜復官常假中執憲之名行上將軍之
事勉修舊職用副新恩可依前件

奉天縣令崔鄯可倉部員外郎判度支文案制

勑奉天縣令崔鄯大凡南宮郎無非慎選者也況官之屬有堆
案盈机之文有月計歲會之課故員郎不可逾時缺不待滿歲
遷事劇才難斷可知矣而鄯自操白簡宰赤縣繩舉違謬惠

養鰥恤孚皆有善聲著于官次豈能於彼而不能於此乎爾宜率稟人佐計務決繁析滯期有可觀可依前件

翰林待詔李景亮授左司禦率府長史依前待詔制

勑某官李景亮夫執藝事上者必揆日時計勞績而後進之爵秩以旌服勤況待詔宮闈飾躬晨夜比於他職宜有加恩宮坊衛官以示優奬可依前件

故鹽州防秋兵馬使康太崇贈鄧州刺史制

勑故某官康太崇嘗習韜鈐夙稱拳勇使之訓旅能叶武經使之守疆能著戎績永言殂謝宜及襃榮俾追寵於朱輪庶知恩於黃壤可贈鄧州刺史

劉總外祖故瀛州刺史盧龍軍兵馬使張懿贈工部尚書制

勑故某官張懿德善者將啓後人忠孝者克揚前烈茍有美必復

宜其然乎而懿伏忠履義體仁養勇學究韜略藝窮騎射負幽燕之勁氣雖振其名有將相之長才不得其位命屈當代慶流後昆有外孝孫爲吾賢帥以忠許國以順克家揚名顯親自義率祖推恩外族歸美前修俾追八座之榮以輟九原之歎可依前件

劉總外祖母李氏贈趙國夫人制

勑李氏族茂本枝行光內則柔明繕性和淑保身輔佐良人克諧家道訓成賢女作相令門善積於中福延於後段公感德當流慶於外孫令伯孝心願推恩於祖母式遵贈典用賛德芬宜崇大國之封追正小君之命可贈趙國夫人

蕭俛一子迴授三從八弟伸制

勑吏部尚書蕭俛頃在台庭時逢郊禮大行慶澤先及輔臣當延賞於胤嗣願推恩於友愛厥有典例因而從之咨爾八弟伸可恭成命可河中府參軍

賈曕入迴鶻副使授兼御史中丞賜紫金魚袋制

勑少府少監賈曕行人之官官必有介所以迹王事而重國命也以爾曕稟訓台鼎飾躬搢紳自登班行多歷年祀恪勤官次保守令名斯可以卒貳使臣諭申朝旨宜假憲秩仍加命服以示兼寵俾之出疆況繼好二邦奉辭萬里副車之任選亦不輕茲吾使能期爾復命可依前件

張屺授廬州刺史兼御史中丞制

勑廬龍軍節度判官檢校刑部郎中張屺司徒總言爾從事於幽薊之間有年歲矣嘗委事任備覩器用務叢最而益辦職久而彌勤頗出輩流宜加獎擢況公侯之嗣幕府之英餘慶所鍾有才如是今以名郡寵而任之旌善勸能仍兼中憲可廬州刺史

韓公武授左驍衛上將軍制

勑朝散大夫檢校左散騎常侍兼右金吾衛將軍御史大夫上

柱國賜紫金魚袋韓公武我元老之令子也孝於家忠於國故出
則秉旄鉞入爲執金吾寵任益崇謙恭彌著而勤於夙夜疾癘
所侵上陳表章乞就頤養夫環衛之列心膂之臣雖親信之寄
則同而勞逸之間或異宜輟繁重俾從便安可檢校左散騎常
侍兼左驍衛上將軍御史大夫散官勳如故

姚元康等授官充推官掌書記制

勑朝散郎行秘書省秘書郎姚元康儒林郎試太常寺協律郎
鄭懿等益部浮陽皆大征鎮也文昌全略皆賢將相也而能以禮
聘士以職任才多聞得人咸樂爲用況爾等筭謀文藻各負所長
苟能贊察廉掌奏記孜孜不怠翩翩有聲慰薦褒升其則不遠
元康可試左武衛倉曹參軍充劍南西川觀察推官散官如故懿
可試左金吾衛兵曹參軍充横海軍節度掌書記散官如故

楊玄諒等三十人加官制

勑右神策軍忻州行營兵馬使試太常卿楊玄諒等夫材不録則
勸善之道廢勳不賞則念功之典缺而玄諒輩凡三十人咸列禁戎
遠從征討臨難有身先之勇奔命無道斃之勞宜以禄秩酬其忠
効所謂材不失選賞不逾時亦欲使爲善者不疑有功者速勸也
可依前件

李益王起杜元穎等賜爵制

勑李益等去年春朕以陵寢事大哀惶疚心而益等齋慄奔走各
率其職俾予孝道刑于四海何嘗一日而忘之耶因命有司舉常典
凡爵之高下視執事之重輕有司亦能遵我成命第而次之進給
益封無有不當由益而下爾宜欽承可依前件

王計除萊州刺史吳暐除蓬州刺史制

勑王計等咸以材略載筆從軍藝學智謀霈沛然足用多歷年
犯備嘗艱危進退周旋不聞失道司徒弘正詳奏以聞因以竹

符分命試吏而萊蓬二郡各介一方牧人者但不擾其心不奪其力則
雖華夷南北土物不同皆可以自足自遂矣宜用此道往安養之
可依前件

義武軍奏事官虞候衛紹則可檢校秘書監職
如故制

勑某官衛紹則服勤藩鎮敷奏闕庭奉主帥之表章達軍府之
情狀嘉其忠効宜可褒升俾洽新恩用充舊職可依前件

深州奏事官衛推試原王友韓季重可兼監察
御史充職制

勑某官韓季重上將臨戎陪臣將命詳其奏報頗盡事情特
加寵章用獎勞効王官憲職以示兼榮可依前件

袁幹可封州刺史兼侍御史制

勑安南兵馬使封州刺史兼監察御史袁幹委質藩方悉知戎

旅嘗驅寇盜累著功勞故命遷領郡符超升憲簡足以安荒俗耀遠人欽而承之無替前効可封州刺史

華州及陝府將士吉少華二千三百三十五人各賜勳五轉制

勑某官吉少華等距河重鎮分陝近藩俾遏寇虞實資士旅勞既同力賞宜徧行次第其名書于勳籍可各賜勳五轉

祭迴鶻可汗文

維長慶元年歲次辛丑月日皇帝遣使朝議大夫檢校右散騎常侍兼少府監御史大夫雲騎尉賜紫金魚袋裴通致祭于故愛登羅汩没蜜施毗伽保義可汗之靈粤以英武之姿雄奇之策撫有九姓制臨一方氣吞諸戎名播上國况能嚮風納款繼好息人代爲親鄰歲入職貢方賴威略共清寰瀛倚爲長城永固中夏而天殲驕子國喪名王奪氣色於陰山霣精光於昴宿凶計云

至悲懷用深故遣使臣往將國命展弔奠之禮申哀榮之恩猶有
明靈當鑒誠意尚饗

白氏文集卷第五十一

白氏文集卷第五十二

中書制誥五 新體 凡五十道

京兆尹盧士玫除檢校左散騎常侍兼中丞瀛漠二
州觀察等使制

武寧軍軍將郭暈等五十八人加大夫賓客詹事

太常卿殿中監制

贈僕射蘇兆男三人妻兄一人並被蔡州誅戮各贈
太子贊善大夫等制

王士則除右羽林大將軍制

前穀熟縣令李季立授奉天丞兼監察御史

充迴鶻使判官制

李懷金等各授官制

王日簡可朝散大夫德州刺史制

薛元賞可華原縣令制

王承林可安州刺史制

嚴綬可太子少傅制

源寂可安王府長史制

鄭枋可河中府河西主簿制

喬弁可巴州刺史制

薛戎贈左散騎常侍制

辛弁文可淄州長山縣令制

知汴州院官侍御史盧濛可檢校倉部員外郎
陝府院官盧台可兼侍御史鄭滑院官李
克恭可試大理評事獨孤操可衛佐並依前
知院事同制
王智興可檢校右散騎常侍兼御史大夫充武
寧軍節度副使領本道兵馬赴行營制
田羣可起復守左金吾衛將軍員外置兼澶
州刺史制
楊於陵母亡祖母崔氏等贈郡夫人制
邵同與連州司馬制
鄭公逵可陝府司馬制
劉泰倫可起復謁者監制
王師閔可檢校水部員外郎徐泗濠等州觀察

判官制

薛從可右清道率府倉曹制

義武軍行營兵馬使高從政等五人河東節度行營兵馬使傅義等二十四人並破賊可御史大夫中丞侍御史制

故奉天定難功臣試殿中監陳日榮等一十二人可贈商鄧唐隋等州刺史制

段斌宗惟明等除檢校大理太僕卿制

戶部尚書楊於陵祖故奉先縣主簿楊冠俗可贈吏部郎中於陵奏請迴贈

故光祿卿致仕李恕贈右散騎常侍制

劉悟妻馮氏可封長樂郡夫人制

夏州軍將二人授侍御史制

日試詩一百首甲裏五吾曹璠等授鄆州兖州縣尉制
衛佐崔蕃授樓煩監牧使判官校書郎李景
讓授東畿防禦巡官制
李愬李愿薛平王潛馬揔孔戣崔能李翺李
文悦咸賜爵一級并迴授男同制
故工部尚書致仕杜羔贈右僕射制
幽州兵馬使劉悚除左驍衛將軍制
前幽州押衙瀛州刺史劉令璆除工部尚書致仕制
盧衆等除御史評事制
張偉等一百九十人除常侍中丞賓客詹事等制
梁璲等六人除范陽管內州判司縣尉制
渤海王子加官制
石士儉授龍州刺史制

韓萇授尚輦奉御制

孟存授成都府少尹制

杜元頴等賜勳制

商州壽州將士等賜勳制

内侍楊志和等授朝散大夫制

内侍常趙弘亮加勳制

烏行初授衛佐制

烏重胤妻張氏封鄧國夫人制

京兆尹盧士玫除檢校左散騎常侍兼中丞充瀛漠二州觀察等使制

勑夫疆理天下壤制四方乗時省置何常之有故方隅未寧務先經略則專委方伯以揔統之及兵革甫定思弘風化則並命連帥以分理之朕常以幽劃一方環封千里延袤廣莫專制實難

屬元戎改轅新帥進律因而制置以叶便宜蓋王者施張變通之要也京兆尹盧士玫爲人端和爲政寬簡自尹京輦人甚便安今司徒總籍甚爾名叶從人望河間列郡乏委士玫因而可之必易爲理況新造之府經始之政勞倈安輯是爾所能俾珥左貂兼執中憲寵任不細勉哉是行可依前件

武寧軍軍將郭暈等五十八人加大夫賓客詹事太常卿殿中監制

勑某官某頃以齊冦發狂王師致討武寧裨將五十八人雖有元戎指蹤制勝實由衆校同心許國合力成功宜以憲秩儲寮寺卿府監舉申賞典用益勳庸可依前件

贈僕射蘇兆男三人妻兄一人並被蔡州誅戮各贈太子賛善大夫等制

勑故某官男某等淮冦之起爾陷其中能守父訓不失臣節吾

遇逢蜂蠆並爲鯨鯢葵將死而心傾劍雖埋而氣在毒延御侮禍
及維私將賁幽魂冝追寵命俾贈青宮之秩用申赤族之寃
可依前件

王士則除右羽林大將軍制

勑羽林所設上法星文軍衛之中號爲雄重稱兹選任不易其人
左驍衛將軍王士則勳戚之家義方之子發身學劍餘力知書早
踐班榮累叅環列職近而身弥撿慎任久而心益恭勤畀以自
居勞而不伐況一備禁衛四爲偏將滯於久次冝有超升俾領上
軍仍遷右廣統良家之騎士訓期門之材官寵任不輕無墮於
事可右羽林軍大將軍

前穀熟縣令李季立授奉天丞兼監察御史充迴
鶻使判官制

勑某官李季立蕃國通聘使臣告行上請屬寮同役王命以尒

常爲令長頗有幹能加之恪恭可備選擇假威憲職兼命邑丞足示優榮勉勤任使可依前件

李懷金等各授官制

勑博野鎮都虞候殿中監李懷金等勠力戎行叶謀王事既展扞城之効彌彰奉國之心不加寵榮何勸忠勇敬授爵命勉思令圖可依前件

王日簡可朝散大夫德州刺史制

勑前代州刺史代北軍使王日簡吾聞任有才則事集獎有勞則功勸以日簡嘗爲代守軍睦人安旌効所能可居要地是用超登階級遷領郡符勵精壹意其聽吾言夫主憂則臣勞時危則節見今寇戎暴起封域未寧是忠臣奮謀烈士展殊効之日也朝立功而夕受賞汝其念之哉可德州刺史

薛元賞可華原縣令制

勑前大理丞薛元賞甸服之制也樹以尹正承以令長上下有統而理化行焉以元賞前爲廷尉丞察獄評刑頗聞敬慎寺卿奏課邑宰缺員故移欽恤之心使布惠和之化上承爾長下字吾人無或越思而乖統理可華原縣令

王承林可安州刺史制

勑安陸古鄖國矣介荊漢之間承軍旅之後宜得謹良長吏以養理之也前相州刺史王承林比刺安陽勤修其職録勞獎善故申命焉况爾生勲伐之家早階寵禄宜自修立以光大其門爾當思勤儉以檢身務廉平以臨下率吏用禮勸人歸農勿慎勿佻一遵吾之約束可安州刺史

嚴綬可太子少傅制

勑東朝保傅歷代尊崇漢擇名儒任先疏廣晉求耆德選在山濤寅資六傅之賢用弘三善之道檢校司徒兼太子少保嚴綬

文雅成器恭謙致用出領重鎮以帥諸侯入爲具寮以長卿士歷踐
中外備嘗艱虞殆三十年勤亦至矣況理心以體道知命而安時是
謂教誨之人可領調護之任由保遷傅爾其欽之可太子少傅

源寂可安王府長史

勑義成軍節度判官撿校兵部員外源寂早膺慰薦累展才能
謀畫有終恭勤無怠守臣推善列狀升聞可使束帶立朝廷寵
褫遊藩邸俾從賓佐入補王宫

鄭枋可河中府河西主簿制

勑鄭滑觀察推官試太子通事舍人鄭枋名列士林職叅軍府修
身無闕從事有勞既展効於即戎宜試能而補吏俾之糾邑庶
有可觀可依前件

喬弁可巴州刺史制

勑權知巴州刺史喬弁前假竹符俾臨巴郡一意爲理三年有成

州人借留廉使置且奏既因會課宜及陟明九仞之功無虧一簣貴無
忸眞授而怠初心可巴州刺史

薛戎贈左散騎常侍制

勑夫有名於時有勞於國盡忠以事上遺愛而及下則必生享寵祿歿加褒崇所以旌善人而勸來者故浙東觀察使越州都督兼御史中丞薛戎挺英於冠族擢秀於士林凡踐官榮皆著聲績及授符節委之察廉自江而東政成人乂老而將智病且知終方覲闕庭而捐館舍是用廢朝軫念加賻申恩俾增九原之光追備八貂之列可依前件

辛弁文可淄州長山縣令制

勑趙州臨城縣令辛弁文既有英材又知臣節遁逃寇難奔走道途言念忠勞宜加恩獎俾換銅墨移宰長山可依前件

知汴州院官侍御史盧濛可撿校倉部員外郎陝

府院官盧台可兼侍御史鄭滑院官李克恭可試大
理評事獨孤櫟可衛佐並依前知院事同制
勅鹽鐵官漕運職小大遠邇羅布於四方自丞相播兼領以來而
撮大綱覆羣吏職以能進秩由課遷法無僭差人有懲勸令台
濛克恭操等咸當是舉分命以官勉副已知無忝成命可依前件
王智興可檢校右散騎常侍兼御史大夫充武寧軍節
度副使領本道兵馬赴行營制
勅沂州刺史御史大夫王智興李愿李愬之鎮武寧也汝爲裨將
勵節忘身濟成大功汝實有力獎其誠効擢授郡符海沂之間又
著聲績宜加新命以寵舊勞仍提銳師往副戎律夫將之撫衆
如子弟則衆之視將如父兄苟推赤心而無疑必蹈白刃而不悔勉
親士卒佇翦寇戎可依前件
田羣可起復守左金吾衛將軍員外置兼澶州刺史制

勑前左武衛將軍田羣忠謹立身韜鈐嗣業自參戎衛尤見恭
勤而燕薊之間遭爲要郡公侯之後羣有令名俾分符竹之榮佇
濟弓裘之美宜奪情禮起而用之

楊於陵母亡祖母崔氏等贈郡夫人制

勑大孝存乎始終殊恩被於幽顯追榮之命安可廢耶戶部尚書
楊於陵亡祖母崔氏等風範有初光塵未昧發揮婦道標表母儀
施及孝孫陟于高位夫藴德者垂裕于後揚名者光昭其先俾彰
積慶於中故許推恩而上各從寵贈用顯貽謀可依前件

邵同貶連州司馬制

勑朝議大夫守衛州刺史兼御史中丞邵同寵在專城職當守土
不承制命擅赴闕庭違越詔條叛離官次將懲慢易宜舉憲
章可連州司[illegible]仍馳驛發遣

鄭公逵可陝府司馬制

勑朝議郎守原王府長史上柱國賜緋魚袋鄭公逵衆推士行時許吏才自列班榮允彰恭恪夙夜匪懈春秋已高宜罷曳裾之勤往賛坐棠之理是爲優秩用荅令名可守陜州大都督府右司馬散官勳賜如故

劉泰倫可起復謁者監制

勑朝議郎前行内侍省内謁者監上柱國賜紫金魚袋劉泰倫古者有中涓謁者皆侍奉親近之臣也今之寵秩亦由舊焉况泰倫有行藝可以飾身才幹可以掌務監臨内署朝請中闈謹密端和甚宜厥職久於其事無之實難宜加進秩之恩仍舉奪情之典勉承奬任勿替初終可起復朝議大夫行内侍省内謁者監

王師閔可檢校水部員外郎徐泗濠等州觀察判官制

勑前徐泗濠等州觀察支使朝議郎殿中侍御史内供奉上騎都尉賜緋魚袋王師閔朕以師律授智興智興以軍書辟師閔才

既爲知己用官不俟滿歲遷所以使能而責理也然則賛廉察安戎旅旣命之從役吾有望於爾焉勉副所從佇展來効可撿校尚書水部員外郎兼殿中侍御史充徐泗濠等州觀察判官勲賜如故

薛從可右清道率府倉曹制

勑三品子薛從惟汝父平守吾藩鎮能以忠力殄寇安人疇庸旣以啓封延賞亦宜及嗣勉承義訓無忝寵章可朝散郎行右清道率府倉曹參軍

義武軍行營兵馬使高從政等五人河東節度行營兵馬使傅義等二十四人並破賊可御史大夫中丞侍御史制

勑古者賞不逾時所以勸勲庸也爵有加等所以激忠勇也而某官高從政等以義武之師統晉陽之甲前蹈白刃中推赤心大摧賊徒連告戎捷超榮速賞爾實當之故視軍功遍遷憲

秋破竹之勢其恩有終可依前件

故奉天定難功臣試殿中監陳日榮等一十二人可

贈商鄧唐隋等州刺史制

勅春秋崇褒善之義國家厚追榮之寵其身歿而名不殞時去而恩未及者大司馬得稽勳籍舉而行之故某官某等凡十二人桉狀銜書宜加寵命飾終之典其可廢乎可依前件

段斌宗惟明等除檢校大理太僕卿制

勅義武軍節度都押衙兼侍御史段斌衙前虞候檢校太子賓客宗惟明等寇虜未平將校方用宜以爵賞勸其忠勞而斌奔命獻俘惟明奉章告捷各勤乃事咸造于庭並加寵榮以示優奬斌可試太僕卿依前兼侍御史惟明可檢校大理卿餘各如故

戶部尚書楊於陵祖故奉先縣主簿楊冠俗可贈

吏部郎中於陵奏請迴贈制

勑故某官楊冠俗貽厥孫謀垂裕後世揚其祖美不忘先也以冠俗之棲遲下位道屈於時以於陵之光大其門慶鍾于後生不逮事歿有追榮宜加義率之心用舉飾終之典可贈吏部郎中

故光祿卿致仕李恕贈右散騎常侍制

勑故某官某國老之子藩臣之兄嘗列棘以承家竟懸車而捐館生加爵寵歿及褒榮茲惟舊章用慰幽穸

劉悟妻馮氏可封長樂郡夫人制

勑古者有策名命婦賜號夫人蓋積善於閨門而受封於國邑也澤潞節度使劉悟妻馮氏傳芳茂族作合良臣成此忠貞之功因於輔佐之力禮從夫貴慶叶家肥俾開大郡之封以正小君之命可封長樂郡夫人

夏州軍將二人授侍御史制

勑某官某等早稱武藝久隸軍麾稟命元戎服勤王事或千

里移鎮從爲紀綱或十乘啓行倚爲肘腋緜歷年月積成勳勞不加寵榮何勸忠効並命憲職冝荷承之並可兼侍御史餘如故

日試詩百首田夷吾曹璠等授魏州兖州縣尉制

勑乃者魏兖二帥以田夷吾曹璠善屬文貢置闕下有司奏報明試以詩五言百篇終日而畢藻思甚敏文理多通賢侯薦延冝有升奬因其所貢郡縣各命以官而倚馬爰來衣錦歸去以文得禄亦足爲榮可依前件

衛佐崔蕃授樓煩監牧使判官校書郎李景讓授東畿防禦巡官制

勑某官崔蕃等咸因文行自致班序或佐衛蘭錡或典校蓬山各從所知將展其用長司牧坰野備禦都畿所以班馬政而遏寇虞也玆皆重務爾勉賛之可依前件

李摠李愿薛平王潛馬摠孔戢崔能李翶李文

悅咸賜爵一級并迴授男同制

勑封爵之設在乎賞勸有以褒德有以序勤賞善興功實由兹道而某官李愬等或望崇台鼎或委重旌旆爰及藩條共分憂寄有勞於事無怠于心宜疏爵以啓封許推恩而及嗣祗受厥命永孚于休可依前件

故工部尚書致仕杜羔贈右僕射制

勑故某官杜羔生於士族發爲公器敦厚孝友本乎天性文學政事出於餘力自立朝右讜然素風司諫平刑駮議廉問凡所踐歷不懈于位以年致政以疾就第出處進退皆叶時中遽此淪謝惻惻興念夫生有榮祿歿有寵贈所以極君道厚時風亦望人有始卒之義也宜追端揆以申褒飾猶有精爽知吾不忘可贈尚書右僕射

幽州兵馬使劉悚除左驍衛將軍制 劉悟兄奏請

勑某官劉悚夙負氣槩早習騎射才推燕趙之士學究孫吳之書加以忠厚可當任用況有令弟爲吾信臣節著艱貞情鍾友愛夫寵寄於外莫重於藩垣委任於中莫親於禁衛加此二職寵示二人豈不爲榮季出叔處可左驍衛將軍

前幽州押衙瀛州刺史劉令琢除工部尚書致仕制

勑某官劉令琢勲伐之家弓裘之嗣嘗修戎職亦領郡符迨此遲暮知有止足夫壯而奮發以忠事國老而知退以道安身人所難能理宜嘉尚俾超崇秩以寵高年可工部尚書致仕

盧衆等除御史評事制

勑幽州節度判官盧衆等幽薊重鎮盧龍舊軍是吾北門委在上將實資寮佐以濟謀猷爾等或參務戎旃或專司奏記俱因事任各展才能而御史府官廷尉寺吏用申褒奬以勸忠勤勉奉元戎佇成嘉績

張偉等一百九十人除常侍中丞賓客詹事等制

勑盧龍軍押衙兵馬使什將隨軍某等夫爵賞行於上則忠勞勸於下有國之典其可廢乎吾思薊師自將及吏合聚衆力鎮寧一方緜以歲年積成勤効今以朝右貴秩宫坊清班舉爲寵章用申酬獎

梁璲等六人除范陽管内州判司縣尉制

勑盧龍軍節度要籍梁璲等咸以幹能早膺任使各叅軍要同濟戎功言念恭勤宜加優獎郡掾邑佐分而命之仍兼舊職勉申來効可依前件

渤海王子加官制

勑渤海王子舉國内屬遣子來朝袵命奉章禮無違者夫入修職貢出錫爵秩茲惟舊典舉而行之

石士儉授龍州刺史制

勑石士儉東川帥涯上言士儉久習武藝兼通吏事可使爲郡責成其功吾聞江油巴夷雜處勿以遐陋而忘緝綏奉法愛人無負知己可龍州刺史

韓萇授尚輦奉御制

勑韓萇局分六尚職奉七輦茲惟優秩列在通班以尔立身頗恭守事甚謹宜有所奨可升於朝可尚輦奉御

孟存授成都府少尹制

勑孟存嘗叅劇務亦牧疲人咸有能名得於主帥三蜀征鎮屯于成都雖有忠賢委爲尹正于於賛修庶務通統諸曹承而貳之實資亞理勉勤厥職無累所知可成都府少尹

杜元頴等賜勳制

勑中書舍人杜元頴等有位於朝有勞於事不加慶賜何勸恪勤宜各策名列于勳籍可依前件

商州壽州將士等賜勳制

勑某官某等夫勳者所以馭貴叙勞凡身庇族非因大慶不降殊恩尔皆委質從軍服勤事國宜授勳籍分而賜之可依前件

内侍楊志和等授朝散大夫制

勑楊志和等咸分要職列在内司慎靜撿身恭勤守事宜以章綬命爲大夫佩服寵光尔無失墜可依前件

内侍常趙弘亮加勳制

勑内侍常趙弘亮等列名禁籍祗命宮闈多歷歲時積成勞効宜加勳賞以洽恩榮可依前件

烏行初授衛佐制

勑烏行初重胤之子早稟義方詩禮弓裘式聞不墜賞延之典本勸忠勳環衛之官兼資慎擇非唯父任亦以

才外可左衛胄叅軍

烏重胤妻張氏封鄧國夫人制

勑古者夫爲大夫則妻爲命婦况在小君之位未加大國之封豈唯有廢徽章抑亦無勸忠力也某官某妻某氏以鳲鳩之德作合邦君輔成勳猷馴致爵位雖從夫貴未授國封今以南陽本邦善地錫爲湯沐加号夫人茲乃殊榮足光閨闈可封鄧國夫人

白氏文集卷第五十二